QUI A TUÉ LE TATOUÉ ?

Photo de couverture : Philippe Nadaud

seconde édition août 2006
1, place Charles de Gaulle
78180 Montigny le Bretonneux
http://yvelinedition.neuf.fr

ISBN-10 : 2-84668-118-X
ISBN-13 : 978-2-84668-118-6

MICHÈLE NADAUD-MONTAGNE

QUI A TUÉ LE TATOUÉ ?

Yvelinédition

Ici
Se perd l'usage des mots,
Ne se transmettent
Que les parlers du silence

(Gérard Le Gouïc)

À Philippe
À Yann– Gaël

I

Plage du Cabestan – Premier jour – mardi

« *Tu feras* ». Drôle de tatouage ! pensa immédiatement Élaine Menez au vu de son premier cadavre en terre bretonne sur la plage dite « Van Parys », du nom du compositeur autrefois propriétaire d'une villa sur la lande. Elle n'avait pas envisagé, à peine arrivée, d'être si vite embarquée dans une affaire.

Meurtre ou accident, peu importe. Elle se remet dans le bain – normal somme toute, en bord de mer. Elle le trouve reposant ce grand mort. Il la change de sa dernière affaire de psychopathe, machiavélique, sadique et cannibale. Elle avait eu beaucoup de difficulté à entrer dans la tête du tueur. Comment se blinder devant les atrocités perpétrées par des êtres dits humains et l'inventivité de leur cerveau malade ? Cela requérait une solide force mentale face à certaines dérives de la nature humaine. Aujourd'hui de nouveau face au quotidien du policier « au centre des choses », elle est bien décidée, une fois encore, à faire aboutir son enquête, aidée de ses collaborateurs. Avec eux, sur le terrain. Pour l'heure, accompagnée du lieutenant de police Le Braz et du légiste, le docteur Quéré, elle se met en condition. Concentrée, le regard vif, en alerte.

– Dites donc patron, on dirait qu'il a un peu mariné votre client !

Lui, c'est Hervé le Braz, lieutenant perspicace et ô combien efficace disait-on de lui dans les hautes sphères. Il venait, récemment, de démanteler un réseau de trafiquants de cannabis qui sévissait depuis peu dans les environs avec ramifications sur Brest et la région parisienne. Elle est venue jusqu'ici cette saloperie de merde de shit. Lentement mais sûrement. Rarement à la boutique, il préférait de loin les faits divers aux paperasses et rapports qui s'empilaient désespérément sur son bureau. Elle ne savait pas encore grand chose de son fonctionnement. Elle verrait bien, au fil des enquêtes, elle apprendrait à le connaître. Dans les 35 ans, petit, râblé, pas physiquement un remède, un certain charme même, des yeux noirs bordés de longs cils, un regard perçant, vif, scrutateur, pénétrant à la fois, voilà ce qu'elle avait immédiatement remarqué dès leur première rencontre. Pourvu que ce regard ne la gêne pas. Non mais ! Elle en avait vu d'autres ! Et quelle voix... Un « breton lover » ! si on pouvait le qualifier ainsi.

– En effet, le corps a l'air d'avoir quelque peu souffert. La mort doit remonter à quelques jours, la rigidité du cadavre a disparu. Docteur Quéré, à vous de nous en dire plus à son sujet – assez rapidement. C'est quand même ce tatouage qui m'intrigue le plus. En arc de cercle, sur le dos. Bizarre. Et laid en plus.

– Ouais, curieux. En tout cas, l'était bien gaulé le bougre. Pas vrai patron ?

– Un peu de respect, Le Braz, s'il vous plaît.

Bien balancé, il l'était en effet et à première vue, tout était bien proportionné. Le torse aux poils blanchis n'était pas celui d'un gringalet et les pectoraux, certes ramollis, révélaient la force de l'individu. Les mains, voyons. Ça parle souvent des mains. Là, rien de spécial. Puissantes, calleuses, pleines de doigts, dix, pas moins, vraiment celles-là n'avaient rien à dire. Juste rappeler les paroles de Jean-Jacques Goldman « Mécanique simple et facile, des veines et dix métacarpiens, des phalanges aux tendons dociles et tu relâches ou bien tu retiens ». RAS. Les cheveux, clairs et longs, collés par le sel et l'eau, recouvraient une partie du visage, cachant des traits qui avaient dû être fins. Son jean, quoique délavé et usé, de bonne coupe mais sans marque, moulait des hanches très minces et des jambes longues comme un jour sans pain.

– Avez-vous remarqué ses chaussures ?

– Ouais, celles qu'on porte sur une planche à voile.

– Un véliplanchiste ? Pourquoi diable ne portait-il pas de combinaison ?

– Surtout quand on connaît la température de l'eau et la force du vent parfois dans le coin – même en cette saison, il ne pouvait guère aller bien loin ainsi attifé. Les courants de marée peuvent y atteindre jusqu'à 15 nœuds. Y devait être du coin. Il faut pratiquer souvent pour aller virevolter du côté de la Vieille. Ce phare signale un passage très dangereux entre la Pointe du Raz et l'Ile de Sein ; la chaussée d'Ar Men, infernale, un vrai cimetière de bateaux. Quant à envisager de rejoindre l'île de Sein en planche, c'est formellement interdit, les gardes-côtes veillent au grain. Il le savait bien lui, Hervé Le Braz, qui avait bravé les foudres et de sa mère et de la maréchaussée suite à un pari stupide entre copains. Son grand exploit – dont il n'était pas fier ? Avoir tenté de rejoindre l'île sur sa planche et mis en émoi tous les sauveteurs du coin. Tri mil gast ! Que d'injures il avait entendues ! Comme si on n'avait pas assez des vacanciers et de leurs imprudences sans qu'un grand diod* vienne en rajouter ! Il avait même envisagé de traverser la Manche pour atteindre l'Angleterre mais sa femme l'en avait dissuadé. Il n'avait pas renoncé à la convaincre pourtant. Plus tard.

– Je ne pense pas qu'il soit allé escalader les rochers ainsi chaussé. Glissants et aiguisés par le vent des tempêtes, faut être complètement fêlé pour s'aventurer ici. Suffit de lire les journaux locaux qui relatent régulièrement les chutes de corps

* idiot

dans les rochers. Tellement fréquentes que, parfois, il est difficile de discerner entre l'accident, l'homicide ou même le suicide. Tenez cette fille qu'on a retrouvée à la baie des Trépassés juste avant votre arrivée. Et bien on n'a aucun indice probant. Un cas pas facile à élucider. À première vue. Heureusement, elle avait des papiers d'identité sur elle. Coup de bol ! Au premier abord tout fait penser à un suicide. Juste un détail, elle aussi avait un tatouage. Une rose des vents. À seize pointes. Rien à voir avec celui de notre véliplanchiste. Apparemment. C'est fou cette mode du tatouage ! Et qu'ont-ils aux pieds ces guignols ? Des espadrilles. Voire au mieux, des baskets. M'énervent ces aoûtiens écervelés et inconscients ! En vacances, libres de se tuer, de mettre surtout la vie des autres en danger. On devrait établir une liste pour vacanciers : tu feras ou tu ne feras pas... des commandements pour citoyen en vacances en quelque sorte ; à la Une des quotidiens ça ferait mouche de rappeler les comportements élémentaires. Tiens c'est marrant, ça rappelle le tatouage.

– Élémentaire mon cher le Braz, en effet. Après ces digressions touristico-moralistes, revenons à nos moutons.

Primo, son identité. Voyez donc si une disparition n'a pas été signalée récemment sur les communes voisines, Primelin, Plogoff, Cleden ou chez les campeurs du côté des pointes ou des petits ports. Tout le va et vient en cette saison, sans compter les festivaliers en transit, ne vont pas nous aider. Regardez donc du côté des tatoueurs, enfin ceux qui ont pignon sur rue.

– Au fait, qui a découvert le corps ?

– Une bourge de Quimper en villégiature. Elle faisait gambader son porte-couteau sur la plage au petit matin. Interdit entre parenthèses. Encore une incivilité. J'en ai profité pour lui rappeler le coût du PV que j'allais lui flanquer. Ça fait cher de la merde de chien sur le sable ; en tout cas ça lui donnera à réfléchir avant de faire pisser Mirza sur des lieux publics. Par contre elle a aperçu une silhouette sur le chemin côtier qui mène à Lervilly mais serait incapable de la reconnaître, encore moins de la décrire. Elle n'avait pas chaussé ses bonnes lunettes.

– Un porte-couteau ! Un chien ! Décidément Le Braz il va falloir que je m'adapte à vos expressions imagées.

Deuxio, essayez de trouver l'arme du crime. Bouclez et fouillez bien tout le périmètre de la plage. Il a peut être été tué sur place puis jeté à la mer qui nous l'aura rejeté. Docteur, je compte sur vos conclusions très vite. Quid des empreintes, chaussures, pas, éventuellement de roues ? Vous m'emballez le moindre coquillage, algue ou morceau de bois autour de la scène du crime au cas où on trouverait des traces d'ADN différentes. Faut rien laisser passer. Les photos, n'oubliez pas d'en prendre. Ce ne sont pas encore les grandes marées d'équinoxe ; des flux et reflux si peu importants peuvent expliquer que la mer l'ait rendu si vite. On ne sait jamais les petits coefficients de marée, 45 morte eau moyenne en ce moment et un marnage insignifiant peuvent nous aider. En revanche il faut que vous me parliez très vite de ce cas de la Baie. Je n'ai pas encore eu le temps de me pencher sur les affaires en cours mais pas question d'enterrer celle-ci sous prétexte qu'on piétine ou qu'il y a un doute sur les causes de la mort. Vous en avez beaucoup comme ça en magasin ?

Elle préférait toujours entendre l'avis de l'initiateur d'une affaire en cours – surtout lorsqu'elle n'avait pas été présente sur les lieux dès l'origine – plutôt que de compulser des comptes rendus bien léchés et techniquement froids. Le verbe et les réactions tripales la branchaient plus, même si elle devait bien, de toute façon, prendre du recul et se contenter des faits, rien que des faits. Elle allait bien s'entendre avec Le Braz. Il ne s'embarrassait pas de circonlocutions et disait bien haut ce qu'il pensait.

– Ben dites-moi, vous vous y connaissez en amplitude de marées !

– J'ai toujours été émerveillée par les phénomènes de la nature. Voir la mer se retirer puis revenir, inlassablement, deux fois par jour, me fascine.

– Vous savez ça s'explique bêtement par l'influence des planètes.

– Je sais Le Braz. Bête mais fascinant quand même.

Sauf le respect qu'il lui devait, Le Braz la trouvait un peu neuneu, à son âge – quel âge d'ailleurs, il ne lui en donnait pas – de s'extasier encore sur le phénomène des marées alors qu'ils avaient un cadavre légèrement saumuré en phase avancée de dégradation. Ça n'arrange pas le soleil du Midi ! Ce doit être pour faire diversion. « Sa façon à elle de prendre de la distance » se dit-il. Lui, son environnement lorsqu'il était en service, il ne l'admirait plus depuis belle lurette. Son objectif immédiat : en terminer rapidement avec ce nouveau crime, espérer que le cadavre de la Baie livrerait enfin son histoire et parlerait distinctement au Dr Quéré. Dans deux semaines il animera un mariage breton à Beuzec. Et devra garder son souffle pour jouer avec son pote Denez pendant les trois jours de fête que va durer ce mariage local.

II

Même jour à Esquibien – chez Luka

Comme toutes les fois où, par temps incertain, Luka prépare son harnachement de véliplanchiste – « planchavoiliste » mot de son invention enfantine – sa mère Katell s'inquiète. Elle craint toujours le vent mauvais qui se lève soudain, la vague sournoise qui surprend, renverse et engloutit. C'est plus fort qu'elle. Elle ne s'habitue pas. Depuis combien d'années déjà – peu importe – regardait-elle Luka enfiler méthodiquement sa combinaison et porter sa planche jusqu'au centre nautique sans une appréhension bien légitime ?

– Fais attention Luka, la mer est agitée ; la météo n'annonce rien de bon pour la journée. Ils parlent d'une force 6 quand même. Tu connais le proverbe : « Rougeur du matin fait trembler le marin »

– T'inquiètes, mammig*, j'ai l'habitude.

En effet, depuis toujours – ou presque – cela remonte si loin Luka Le Bihan, sur sa planche, file au grand vent de la baie.

* maman

Il en connaît pratiquement toutes les criques, leurs grottes et leurs secrets. Quant à la force du vent, il a appris à la déchiffrer depuis le temps qu'il vit avec et sur cette mer capricieuse et coléreuse. Une force 6 ne l'effraie pas. Il sait braver ces grandes vagues dont les crêtes se brisent. À force 7, la mer en gonflant et la violence du vent qui fait voler l'écume le rendent hésitant. Toute la surface devient alors blanche et c'est quand même un peu risqué. En aucun cas il ne sort avec une force 10 ou 12 lorsque la mer, écumante, bave comme un dogue enragé. Il se repose parfois sur de minuscules plages quasiment inaccessibles, ébloui par ces paysages grandioses, ces nuances infinies de bleus et de gris. Il comprend l'affluence de peintres ici. Il aimerait tant, lui aussi, exprimer ce qu'il ressent – par la peinture, l'écriture ou la musique. Mais rien. Sec. Voilà c'est ça. Il est sec. Un jour, peut être. Quand il aura réglé toutes les embrouilles de sa tête. Pourtant des tableaux il y en a partout à vendre ici, jusque dans les restaurants.

Quant aux galeries, elles étalent quatre ou cinq petites croûtes le temps d'une saison puis s'en vont. Les siennes ne seraient pas croûtes mais œuvres. Violentes. Il emprisonnerait dans sa palette les couleurs, grisâtres, verdâtres, pourpres, torturées, contrastant avec toutes ces couleurs pastel – layettes comme il les appelle. Ils les feraient tempétueuses telles celles du grand-père accrochées au mur du salon ou la sinistre « Baie des Trépassés » de De Vlaminck. Rien à voir avec Renoir. Pour ce qui est de l'écriture il a déjà la trame. Suffiraient les mots pour dire, raconter et qui sait, des notes de musique viendraient peut être d'elles-même ensuite. Pour l'instant ne restent que les maux qu'elle a créés. Après la disparition de son père, Katell, sa mère, justement lui avait raconté l'histoire, leur histoire. Luka, lui, la traînait comme un boulet. Ça le bouffait, lui grignotait les tripes, lui rongeait les neurones ; en bref l'empêchait de se construire complètement. Il gardait tout cela pour lui. Malgré le temps écoulé, la réalité de l'Europe, il revoyait toujours en boucle la même scène. Il ne l'avait pourtant pas vécue mais l'imaginait si bien.

1943 *: un petit bourg du bord de mer dans les Côtes du Nord, proche du Cap Fréhel. Une jeune fille, Maryvonne Kermarec, et ses parents vivent là. Ils tiennent l'épicerie buvette. Depuis quelque temps la clientèle s'est raréfiée. Et pour cause. La population se terre. Heureusement qu'elle a son lopin de terre pour les légumes !*

L'artillerie allemande procède régulièrement à des tirs réels du côté de Dinard.

Il est 18 heures. Comme tous les soirs, deux Allemands, des SS, viennent consommer. Pas question de les chasser. Ils « occupent » une partie du pays. « Heil Hitler » Ils importunent la jeune fille.

Ce soir de trop, ronds comme des queues de pelle, ils sortent leur revolver et ordonnent à la jeune fille de monter à sa chambre après avoir abattu son petit chat. Terrorisée, elle obtempère sans un mot. Tétanisés, Ses parents ne bronchent pas. De ce viol, naîtra un fils : Ludovic, son père à lui, Luka.

Un homme, dans l'ombre, au fond de la salle, quasiment invisible, est là, témoin de cette violence. Il a échappé au STO. Discrètement il résiste, sabote, prépare son départ pour l'Angleterre. Sa haine des Boches, ce soir là, trouvera enfin une bonne raison d'en descendre deux d'un coup, sans trop d'efforts.

Ivres morts les deux occupants redescendent et s'affalent sur une table. Deux heures plus tard ils se réveillent, pas très frais, encore sous l'effet des nombreux alcools ingurgités. Malgré la nuit d'encre noire, sans lune, ils repartent sur leur side-car en zigzaguant pour rejoindre leur casemate par la petite route du front de mer. Ils n'y arriveront jamais.

Le témoin de la buvette les a précédés et attendus juste là où la falaise jouxte la route.

Après avoir tiré dans les pneus, il regarde le side-car, déstabilisé, s'écraser dans les rochers, cinquante mètres plus bas. La mer les a engloutis. On retrouvera leurs deux corps décomposés, bien des semaines plus tard sur une plage de cette Manche qu'ils voulaient s'approprier. Même la mer n'en avait pas voulu. Non identifiés, non reconnus ni réclamés, ils seront jetés en fosse commune sans cérémonial.

Quant à l'homme, Erwan Le Bihan, marin au long cours, il est apaisé. Le sloop de son père avait été torpillé par un navire allemand pendant la grande guerre. Lors de ses obsèques il s'était juré de venger cet assassinat par ceux qu'il appelait des barbares maudits. Il épousera Maryvonne, élèvera Ludovic comme son fils. Jamais ils ne reparleront de cet épisode de la Bretagne occupée. Ils quitteront le nord du pays pour s'établir à son ouest, là où la mer est en perpétuel mouvement et les rivages secrets. Terre de vent et de brume.

III

Audierne – Deuxième jour – mercredi

Élaine avait toujours souhaité revenir sur ce Cap Sizun où s'étaient passées les meilleures années de son enfance. Revoir cette fin de terre sauvage qui s'efface et recule devant la force des vents et les embruns, rongée par un combat perpétuel entre Manche et Atlantique, entendre à nouveau le grondement ou le bruissement de la mer, le fracas des vagues sur les rochers ; « et partout la bruyère est pourpre, l'ajonc d'or, le roc rose, le ciel d'azur et la mer bleue » selon José Maria de Heredia. C'est là qu'elle retrouverait la sérénité et le ressourcement nécessaires à son métier. Récemment nommée sur cette partie de Cornouaille, elle espérait bien trouver le temps de retourner sur ces lieux magiques, domaine des korrigans et de l'Ankou, capter à la Pointe le fameux rayon vert. Contempler, au crépuscule naissant, ce lent déclin du soleil, traçant sur son chemin toute une gamme de couleurs. Suivre, sous un ciel de plus en plus en chagrin, la boule de feu, orange sanguine luttant jusqu'à épuisement contre l'appel d'une eau scintillante, séduisante, attirante. La regarder s'enfoncer inexorablement, de plus en plus pâle, faible, vaincue, aspirée. Savoir que là-bas, elle renaissait à un autre monde. Scruter, jusqu'à l'usure du regard, l'ultime sursaut, son dernier rayon... le vert. Privilège réservé uniquement à ceux qui savent attendre. Enfant, elle croyait que le soleil se noyait. Après quatre années en région PACA, à Marseille précisément, quittée sans regret, de bons états de service et ses demandes réitérées de mutation, grâce aussi à ses racines bretonnes, elle revenait ici chez elle, enfin, avec le titre de commissaire, occuper le poste de « patron » du service d'investigation et de recherche nouvellement créé. Elle voulait en finir aussi avec une histoire sentimentale compliquée et sans avenir. Si « aimer c'est regarder ensemble dans la même direction », un strabisme divergent l'éloignait de plus en plus de la ligne droite et nécessitait une correction radicale ; il valait mieux éviter, en plus, la cécité totale. L'âge de jouer « Back Street » largement dépassé, elle avait inscrit le mot « fin » sur la dernière page d'une longue liaison usante et mortifère. Laissant donc là-bas « ses amis, ses amours, ses emmerdes », elle abordait cette nouvelle vie de façon zen. Il faudrait d'ailleurs qu'elle se trouve très vite un club de yoga pour poursuivre cette démarche, cette recherche même, entreprise depuis deux ans. Confrontée à la mort, à la détresse, à la souffrance des victimes, cette méthode de méditation l'aide à gérer son stress. Se relaxer, respirer à fond lui permettent de maîtriser certaines émotions. Ce qui correspond bien à son désir de prendre soin d'elle, de son prochain, d'oser affronter ses propres peurs et, par la même occasion, d'acquérir une grande souplesse physique. Il faut courir vite et longtemps parfois dans ce métier... Après avoir fait le tour des différentes méthodes, la plus simple, le Hatha Yoga, complétée par des plantes, la valériane pour les insomnies – elle s'en est offert quelques unes il n'y a pas si longtemps, des insomnies – la passiflore lui paraît la mieux adaptée pour se décontracter. L'aubépine lorsque son palpitant lui joue des tours et la voilà parée pour vivre dans la paix et la sérénité. Quant aux huîtres elle en usera et abusera parce que la taurine extraite de leur chair, c'est tout bon pour les troubles nerveux dit-on. Pour ce qui est d'atteindre l'extase, on verrait plus tard mais son mental se porte nettement mieux. Depuis sa récente arrivée, elle tente de se poser et de prendre ses marques dans le local, le réduit plutôt, qu'elle doit partager avec Le Braz. Pour le coup ce n'est pas là qu'elle trouvera l'extase. Un peu effrayée par le foutoir, la poussière et la vétusté des meubles, elle n'ose même pas ouvrir la fenêtre au risque de voir tout s'envoler. Ce qui ferait encore plus désordre. Sans être une maniaque du plumeau et de la chiffonnette, franchement là ça prend aux narines. Sa consommation de Ventoline va augmenter ! Elle qui pensait se débarrasser de son asthme maintenant qu'elle bénéficiait du « bon air » comme disait sa grand-mère. « Bienvenue dans mon bordel organisé ». Le panneau accroché à la porte annonce clairement la couleur. Bienvenue aussi au royaume des acariens et des araignées. Il lui en faudra du doigté, de la diplomatie et surtout un minimum de crédits pour modifier les lieux afin, dans un premier temps, de gagner de la place. Parce que là, franchement, quelle misère, et encore elle est polie ! Déjà que l'endroit n'est pas avenant avec un mobilier antédiluvien, bureau métallique et armoire à clapets, Goupil des années 80 et imprimante noir et blanc, mais si en plus son asthme s'aggrave, merci Monsieur le Directeur ! Des murs aux couleurs pisseuses recouverts de posters douteux cachant leur écaillement. Une Underwood (ou une Remington, elle n'a pas encore fait attention à la marque), une pipe, une blague à tabac et voilà le bureau de Maigret ou de Sherlock Holmes reconstitué. Quoique le mobilier anglais avait une autre gueule. À Marseille elle disposait quand même d'un PC sous Windows 2000 et d'une imprimante couleur. Pour obtenir un minimum va falloir mettre la barre un peu plus haut, réclamer XP et une imprimante « tout en un ». Pourquoi son prédécesseur et Le Braz n'avaient-ils pas rué plus tôt dans les brancards ? Avec elle faudra que ça change. Heureusement elle a son portable perso mais pas question d'en faire profiter trop longtemps la maison !

– Un café, Le Braz ?

Elle a bien aperçu la machine derrière la porte. Pas une jeunesse non plus la cafetière !

– Volontiers patron mais comme dans presque tous les téléfilms de polars faut donner un coup de pied dans la machine pour faire descendre le gobelet.

– Du nouveau ?

– D'après les premières observations du Dr Quéré, la mort du type, la cinquantaine, remonte à trois jours ; sa cause : fracture du crâne par un objet contondant, multiples hématomes, pétéchies et contusions sur le corps. Il était déjà mort lorsqu'il a été jeté à la mer. L'a quand même frappé fort, son assassin. Pas de lutte, apparemment. Tabassé à mort le bonhomme. Devait avoir la rage, son meurtrier. En revanche aucune trace de l'arme du crime. Par ailleurs, aucune disparition récente signalée dans le secteur. La seule connue remonte aux années 70. Un pêcheur du Cap. Simplement mentionnée, jamais élucidée. Classée sans suite. Pas de corps, pas de décès. Faut dire qu'à l'époque vu les faibles moyens d'investigation... Et puis je ne vois pas bien le rapport avec notre cadavre. Je vais malgré tout y jeter un cil. Côté « tatoueur » rien d'excitant ; en revanche hier j'ai découvert un monde à part. Notamment un « artiste », Jakez Caradec, à Quimper. C'est ainsi qu'il veut être reconnu. Il a pignon sur rue avec studio en centre ville, non loin de la cathédrale. Une espèce de loge avec une foultitude d'instruments, autoclave, aiguilles, toutes sortes d'encres, un fauteuil-lit. J'en ai appris sur ce métier. Tout un art, la modification corporelle. Beaucoup de patients, pardon des clients, en salle d'attente. On se croirait à la fois chez le dentiste et chez un peintre. Sa spécialité : le tatouage celte. Le personnage est à visiter, vraiment. Il m'a expliqué sa passion de l'imaginaire, ses goûts des voyages. Il peut tout faire, des portraits, des marines ou des graphismes, en noir et blanc, en couleur. Jamais de sujet banal. Lui, il est coloré de partout. Et encore Je n'ai vu que les parties visibles... Un vitrail ambulant. Mais trop c'est trop. Jusqu'à l'écœurement. Sans compter qu'on doit sûrement souffrir pour en arriver là. Paraît que non ! Bref, ce n'est pas mon truc. Quand je pense qu'il y en a qui se font percer. D'ailleurs j'ai surtout vu des jeunes cloutés, genre gothique dans la salle. Probablement des ados aux goûts macabres fana de musique métal. En revanche, il évite les phrases. Il ne mélange pas la prose et l'art. Un artiste, ça dessine ou ça peint, ça n'écrit pas. D'autant que la poésie des clients ne va pas au-delà de « amour, toujours », « à toi pour la vie » ou « maman je t'aime ». Limité. En tout cas « tu feras » ça ne lui dit rien. Pour lui c'est un « custom », un tatouage sur mesure, spécialement conçu par le client et réalisé par l'artiste. Ça pourrait être un marin ou un taulard, ou les deux. Quant à celui de la fille ce pourrait être la marque d'une pute mais elle semble jeune, je pencherai plutôt pour un signe de mode. Figurez-vous que César (Jules) notait dans la guerre des Gaules « que tous les bretons se colorent la peau avec une matière colorante bleue ». Ça remonte loin. Tatouage c'est un mot qui vient de Polynésie TA-TU ou TA (dessin) ATOUAS (Esprit). Il paraît que sir Sean Connery, James Bond, Monsieur Bond, a un « Scotland for ever » quelque part.

– Merci Le Braz. Quelle célérité ! Fouillée, votre investigation.

– Je n'ai pas de mérite. Tout est sur Internet. Je me suis documenté à la médiathèque de Quimper. Une mine ce réseau. J'espère que nous allons enfin y être reliés.

– Moi aussi. J'en ai fait la demande aux autorités, en plus du renouvellement du matériel. Espérons qu'elle ne se perdra pas dans les méandres du ministère ! En tout cas, creusons la recherche. Un marin ça peut s'envisager pour l'homme mais prostituée pour la fille, pas ici quand même ?

En tout cas, ce soir, avant de rentrer, je vais faire un tour en ville, tenter de glaner quelques informations. Enquête de voisinage, de proximité comme on dit.

En fait Élaine avait surtout envie de remonter le temps, de respirer l'air à pleins poumons, de s'imprégner de nouveau des odeurs de son pays. Elle faisait siens les vers de Xavier Grall : « Entre toutes les odeurs... c'est celle qui se lève de mon pays que je reconnaîtrai le plus sûrement, si, ayant quitté la Bretagne, je devais y revenir. Même les yeux bandés. Même dans la plus profonde nuit. D'instinct »...

C'est fou ! Tout a changé ici. Difficile d'y retrouver des souvenirs. Quand on voit les photos sépia du siècle dernier avec ces immenses thoniers ou sardiniers, ça pose quand même question ce déclin de la pêche hauturière, de la pêche tout court d'ailleurs. Quant à celui de la marine n'en parlons pas. Le port surtout s'est transformé. En grande partie de plaisance, il a fait peau neuve. Un petit vent, une brise de mer fait chanter les mâts et bruisser les drapeaux. Que de mâts ! Ceux du petit bateau de pêche à moteur et de l'écrasant trimaran ; sans compter celui du prétentieux promène-couillon régulièrement ensablé par manque de fond à l'entrée de la passe qui a oublié d'attendre la haute mer pour rentrer. Toute une gamme de coques affalées, rangées le long des pontons du quai ou prêtes à sortir pour une journée dans la baie voire la nuit au large de La Torche ou à Penmarch. Le long du quai Jean Jaurès restent quelques chalutiers pour la sardine ou la langoustine aux noms évocateurs « l'Appel du clocher », « Stella Maris » ou de petites embarcations pour le bar de ligne en Raz de Sein. Et puis des crêperies, des bistrots marins, des restaurants qui ont empiété sur les trottoirs. Avec estrade en bois et auvents protecteurs. Ça doit marcher le tourisme. Perdue dans ses pensées, tout à sa recherche de détails concrets, elle n'avait pas vu qu'on l'observait. Le comble pour un flic.

– Élaine ?

– Hopala ! Luka, c'est toi ? Je ne t'avais pas vu, scotchée et surprise par tant de changements. Toi par contre, tu n'as pas changé. Que deviens-tu après si longtemps ?

Depuis combien d'années ne s'étaient-ils pas revus ? Quinze, vingt ans ? Comme le temps passe ! Pourtant elle l'aurait reconnu entre mille, son copain d'enfance. Un peu plus grand évidemment. Des aigues-marines en guise d'yeux, toujours aussi bleus avec des passages au gris selon la luminosité ambiante, le regard profond et mélancolique. Selon Tahar Ben

Jelloun, l'écrivain marocain, « seuls les yeux ne vieillissent jamais ; l'âge passe et ne touche pas le regard ». Bien observé. Au fait, qui a dit que « les sourcils sont l'ombrelle du regard » ? Les siens, éclaircis par le soleil, protégeaient en effet le sien « au sourire si doux ». Décidément, que de regards par ici !

– Je vous retourne la question.

– Tu sais quoi ? D'abord tu me tutoies. On a suffisamment longtemps usé nos culottes ensemble sur les bancs de l'école.

– Et que faites... que fais-tu ici ?

– Commissaire, ma nouvelle fonction sur le Cap.

– Gast ! C'est nouveau. D'habitude on voyait plutôt les gendarmes. En vacances ou déjà sur une affaire ?

– Devine ? Mais je n'ai pas envie de parler boulot ce soir. On a sûrement des choses plus intéressantes à se raconter. Si on allait dîner quelque part ? Avec tous ceux qui ont fleuri sur les quais, tu connais bien une crêperie ou un petit bistrot sympa. Je me souviens de Mam'Goz. Elle était sur Pont-Croix, non ? Oh mais excuse-moi, je dispose de ton temps ; quelqu'un t'attend peut être à la maison ?

Elle est comme ça Élaine, brute de fonderie. Sans précaution oratoire elle s'immisçait dans sa vie, comme s'ils s'étaient quittés la veille ; pour refaire le chemin à l'envers peut-être.

– Non, non. Je vais simplement prévenir ma mère. Elle sera ravie de te savoir de nouveau au pays. Elle t'aimait bien.

En effet, Katell appréciait Élaine autrefois, son côté dégourdi, curieux et simple, sans chichi. Elle aurait même bien aimé que Luka la regarde autrement quand elle avait seize ans. Quel beau couple ils auraient fait ! Des petits-enfants égaieraient peut être cette maison au milieu de sa grande prairie. La vie en avait décidé autrement.

– C'est vrai on s'entendait bien toutes les deux. Je ne sais pas si ma nouvelle casquette de flic sur le Cap va convenir à tout le monde. J'espère seulement ne pas être obligée de faire le tour des popotes chez les notables. Les ronds de jambe, je préfère éviter. Une présentation officielle suffira bien.

– Si tu ne mets pas ton grain de sel partout et te contentes d'arrêter les voleurs et les assassins, je ne vois pas en quoi tu dérangerais la population, surtout si elle n'a rien à cacher. Et puis tu es d'ici. Ça devrait t'aider. On peut aller sur le quai, chez Fanch-Per et leurs variations autour des crêpes « simples mais vraies », pas celles pour touristes, fourrées à tout et n'importe quoi. Mam'Goz a disparu. Reste un magasin d'objets d'art. Faut attirer le passant qui passe dans les petites cités de caractère ! À moins que tu préfères un souper du pêcheur. Nouveauté de la saison ! En fait c'est plutôt prétexte à occuper les vacanciers le soir et surtout pour faire rentrer des sous dans les caisses des associations par la même occasion. Ils se succèdent tout l'été, se télescopent même parfois, plus ou moins animés. Avec des tickets tu t'offres une soupe de poissons, des langoustines, des sardines, des crêpes. Et parfois un fest noz en prime. Si tu te souviens de l'Endro ou du Jabadao, je t'invite. Il y en a un aux Capucins ce soir.

– À vrai dire, je viens d'arriver et n'ai pas trop envie de voir du monde tout de suite. Fanch-Per me va bien. Pour le bain de foule on verra une autre fois. Quant aux danses bretonnes... j'aurai besoin de reprendre des cours.

En cette fin de saison les clients ne se bousculent plus chez Fanch et Per. Ils soufflent enfin et peuvent se consacrer à leurs fidèles clients, les autochtones. Ceux qui ne râlent pas en permanence après la crêpe. Trop chaude, pas assez, trop sèche. Le service trop lent. Ils redeviennent disponibles pour ceux qui ne courent pas après le temps, ne jouent pas les « congés payés » avec leurs gosses bruyants et mal élevés. D'ailleurs ils sont fatigués ces deux-là. Ils souhaitent passer la main.

– Alors Fanch, toujours aux fourneaux ?

– Oui. Encore une saison qui s'achève – épuisante.

– Pas de repreneur en vue ?

– Si, quelques touches.

– Je te présente Élaine Menez, la nouvelle commissaire du Cap. Elle vient juste d'arriver.

– Je suis au courant. J'ai lu votre bio dans Ouest France. De beaux états de service. Quand je pense à ce meurtre de la plage, la violence radicale arrive même jusqu'à notre bout du monde. Bienvenue – Degemer mat – comme on dit chez nous. Chez vous puisque vous être originaire du Cap. J'espère que ce n'est pas quelqu'un d'ici qui a fait le coup. Allez, on arrose votre arrivée. Qu'est ce que je vous sers ?

– Merci de votre accueil. Un kir breton à la mûre.

– Le même pour moi mais au cassis, s'il te plaît.

Dîner sympa de retrouvailles avec histoires et anecdotes. Cela faisait un peu souvenirs de régiment qui remontaient à la surface avec des « tu te souviens de ceci ou de cela, de madame Pinson, notre maîtresse de CM1, je ne me rappelle même plus son vrai nom. Pinson parce qu'elle chantait tout le temps ». Élaine, dans ce presque monologue ponctué de silences, observait Luka. Il opinait du bonnet, souriait, riait presque mais ne se livrait guère. Toujours aussi réservé. On aurait dit « l'homme qui pense, l'homme qui aime, l'homme qui rit, l'homme qui souffre » de Maupassant. Comme elle aimerait qu'il lui dise réellement ce qu'il pense, qui il aime, s'il souffre. Rire, il savait encore apparemment.

– Je ne sais pas ce que vous vous racontez mais vous n'avez pas l'air de vous ennuyer.

– Excuse-nous, on n'a pas vu l'heure passer. Fallait nous virer.

– Non, ça fait plaisir de vous voir. Et puis qu'est-ce que vous avez avalé ! Revenez quand vous voulez. Bonne chance Élaine ! À bientôt. Kenavo*.

De retour chez elle, Élaine se sentait nostalgique. Avoir évoqué tant de souvenirs d'une enfance heureuse la ramenait à hier, aux vacances de leur bande des cinq soudain toute proche.

---

* Au revoir

Cinq comme le club du même nom avec Gaël le doux rêveur, Anne l'idéaliste, parfois exaltée, Luka le renfermé, le mystérieux qui lui tenait la main en regardant les étoiles, sans oublier Puck, sa chienne, bleue d'Auvergne qui n'appréciait guère de se mouiller les pattes. Ils s'inventaient alors des aventures rocambolesques peuplées de naufrageurs cupides. Jouaient à « Filopen », ce pilleur d'épaves d'un autre siècle. On n'avait jamais pu l'approcher alors. Il mourut très vieux avec sa femme. Leur Club des Cinq s'était approprié cette histoire devenue légende. Pour se faire peur, ils chantaient « Filopen, grande bête, le diable est dans sa tête. Avec la fille de l'eau salée, aussi diablesse que lui ». Pourtant ils avaient existé autrefois ces hommes de la nuit, avec leurs lumières vacillantes sur les falaises, récupérateurs d'épaves échouées sur les grèves ; une aubaine pour les habitants. Tiens, si ça se trouve la charpente de son PenTy est constituée de bois d'épaves ! Que dire aussi des batailles de boules de sable ? Il suffisait d'investir deux rochers aux vagues allures de char. L'intérieur, creusé par la mer, était rempli de sable mouillé. Il servait à confectionner des boulets qu'on lançait sur le camp adverse. Le combat cessait faute de sable mais les munitions se renouvelant à chaque marée on recommençait le lendemain. Quel que soit le vainqueur, tout se terminait par un bain de mer. Et la pêche à la sole les nuits de marée basse et de pleine lune ? Avec une lampe électrique ils partaient attraper le poisson plat qui s'était bêtement laissé surprendre par le retrait de la mer. Croyant se cacher sous le sable mouillé, il attendait naïvement la prochaine marée. Suffisait alors de se baisser et de le ramasser. Destin de sole ! Doit plus y avoir beaucoup de soles sous le sable maintenant. S'il en reste elles sont un peu plus loin... au large.

Ce soir ils s'étaient rappelés les pêches miraculeuses de crevettes grises qu'ils allaient surprendre à marée basse sur l'Ile aux vaches, parfois dès le petit jour, qu'ils faisaient ensuite grillotter cruellement dans la poêle et dégustaient pour le repas. En revanche rien sur leurs bains de minuit... Ça l'aurait peut-être mis mal à l'aise. Ils ne pourraient plus maintenant, l'eau est beaucoup trop froide mais surtout ils ont peut-être passé l'âge ! Toute une partie de leur enfance, une époque révolue. Ils s'étaient contentés du chapitre « jeunes années », ayant soigneusement éludé celui de leurs vies sentimentales respectives. Pudeur ? Discrétion ? Trop tôt. Une autre fois peut-être, dans un lieu plus propice à ce genre de confidences.

Avec Anne, elle n'avait jamais perdu le contact. Gaël, après de brillantes études, enseignait à l'université de Brest, tout en faisant de la recherche en mer sur des bateaux scientifiques. L'Océan Indien, l'Arctique, la Méditerranée. Il militait dans des mouvements écolo. Elle entendait parler de lui à la télé. Par Anne qui le voyait parfois, elle savait qu'il revenait ici. Elle se rappelait sa toison brune et bouclée. Tiens, lui non plus n'était pas marié. Ce serait plutôt Club des célibataires maintenant. Quant à Luka, elle venait de le retrouver. Pendant ces années privilégiées, ils auraient bien aimé s'aventurer du côté des blockhaus de Lezongar ou de Trez Goarem, mais quelque chose les avait toujours retenus. Et puis leurs parents n'aimaient pas les voir traîner du côté des dunes ou de l'ancien camp retranché. Cela faisait partie de l'Histoire.

En 1940 les Allemands avaient commencé à s'installer à Lezongar et réquisitionné l'école. Les enfants étaient obligés d'y aller dans des granges ou des caves. Une agence allemande avait même annoncé que la Bretagne allait devenir un état. Pour le mur de l'Atlantique ils avaient construit de nombreux blockhaus sur la côte et creusé des tranchées à Trez Goarem. Tous les morts et les blessés des violents combats en baie d'Audierne avaient dépeuplé la région. Combien de résistants avaient été condamnés à mort par le tribunal militaire allemand de Quimper pour tentatives de sabotage des voies ferrées et attentats ? Leurs grands-parents, alors hommes et femmes de l'ombre, avaient secrètement aidé à débarquer des agents venant de Londres, notamment Honoré d'Estienne d'Orves à

Pors Loubous. Grâce à eux, le dernier bastion allemand dans le Finistère avait enfin capitulé à Lezongar en septembre 1944.

« Faudra que je retourne par là-bas » songea t-elle.

Le téléphone interrompit sa méditation. Qui pouvait l'appeler à cette heure tardive ? Anne sûrement, c'était bien dans ses habitudes. Bingo !

– Élaine, c'est Anne. Quid novi ? J'envisage de prendre quelques jours de vacances. On pourrait peut être se voir. J'irai chez Madame Piriou comme d'hab si elle loue toujours son studio de la plage. En même temps ça lui fera un peu de compagnie. Tu sais, elle vient de perdre son mari et doit se sentir un peu seule dans sa grande maison.

– Je ne savais pas pour Monsieur Piriou. Bonne idée d'aller chez eux mais tu peux venir à la maison si tu veux. Je ne suis pas totalement installée et quelques cartons traînent encore un peu partout. En revanche je ne serai peut être pas très disponible ; à peine arrivée j'hérite d'une affaire de meurtre toute chaude et une autre a l'air d'attendre également mes services. Au fait, j'ai rencontré Luka sur le port.

– Je le croise parfois lorsque je viens mais il est discret, secret, limite ours même. Je l'aperçois au loin toujours sur sa planche quel que soit le temps. Même des fois je me dis qu'il exagère. Il prend des risques. Dis donc, il s'en passe de belles par chez toi.

– Comment, t'es au courant de nos faits divers ?

– Oui, par mon abonnement au Télégramme. J'aime bien me tenir informée de ce qui se vit là-bas. Une bouffée d'embruns dans cette vie parisienne de « ouf ». Branchée « coquillages et crustacés ». Voilà pourquoi la mort de ton tatoué ne m'a pas échappé. Je me doutais bien qu'elle allait être soumise à ta sagacité et perspicacité habituelles. C'est quoi l'autre affaire ? J'ai dû louper un épisode.

Bon, je te confirme mon arrivée dès que possible.

Élaine Menez et Anne Nedellec se connaissent depuis l'enfance. Bien que née et ayant vécu quelques années au Maroc,

Anne avait passé pratiquement toutes ses vacances scolaires à Esquibien chez sa grand-mère pour replonger dans son océan préféré, l'Atlantique. Depuis toujours elle y revenait dès que ses activités le lui permettaient. Pas assez souvent à son gré. C'est elle qui avait fait découvrir Xavier Grall à Élaine. Elle avait « rencontré » ce poète journaliste, par hasard, alors qu'elle cherchait des bouquins sur le Maroc dans une brocante. Ayant circulé lui aussi un temps dans ce pays, il savait en restituer les odeurs et les parfums qu'elle n'avait jamais oubliés. L'eucalyptus et le cèdre des forêts, la menthe et les épices des souks, les orangers et les amandiers des jardins. Comme lui elle aurait aimé vivre une moitié de l'année en Bretagne et l'autre au Maroc. Pour l'heure c'est Vincennes, son lieu de vie principal. Là où la chèvre est attachée... Leurs études supérieures et leurs professions respectives les avaient physiquement éloignées l'une de l'autre mais à aucun moment elles ne s'étaient perdues de cœur. Les liens forts, tissés au fil des ans, les unissaient dans un attachement et une amitié indéfectibles malgré la distance et des milieux sociaux différents. Même à l'adolescence elles s'étaient retrouvées à Marseille, ville remuante et bavarde s'il en est, pour cause de parents divorcés. Avant de prendre sa retraite, le père d'Élaine avait sévi au Ministère de l'Agriculture dans la peau d'un inspecteur général des fraudes, un ersatz de flic. De là venait peut être son choix à elle. Il l'emmenait parfois avec lui sur le terrain dans ses contrôles alimentaires, toujours équipé de sa matraque, une discrète mais lourde barre de fer enrobée de caoutchouc, en cas de réception malveillante. Certains patrons des bars du Panier ou de la Belle de Mai ne l'accueillaient pas avec le sourire. Peut-être s'y trouvaient-ils des caïds du grand banditisme ! Aussi quelquefois préférait-il laisser sagement sa fille dans la voiture. Les mines patibulaires de certains consommateurs n'engageaient pas à entrer dans de tels lieux avec une gamine. En général ils ne faisaient pas d'histoire et les prélèvements d'échantillons se passaient sans problème. Sauf une fois. Voulant faire plaisir à Élaine, le patron du bar lui avait offert généreusement un coca qu'elle s'était empressée de boire au goulot. Horreur et putréfaction ! Un lézard – mort bien entendu – gisait au fond de la bouteille. Évidemment dans ce cas, aucune responsabilité n'incombait au patron, la bestiole ayant probablement été piégée en usine lors de l'embouteillage. Depuis lors, plus jamais elle ne boit à la bouteille sans en inspecter le fond ! Élaine a peu de contact avec son père. Il vit paisiblement dans un deux pièces cuisine, au quatrième étage sans ascenseur dans le quartier du Prado, avec ses douleurs, son diabète, ses parties de belote ou de pétanque avec les copains. Plus de femme. La dernière – laquelle déjà ? Élaine ne l'appréciait pas trop – était retournée dans ses terres du pays basque. Il s'est assagi et puis, à son âge, « le corps exulte moins » ! Il avait suivi le cursus de sa fille, lui prodiguant conseils et recommandations qu'elle avait toujours superbement ignorés. Ils se téléphonaient de temps en temps. Visiblement il n'avait plus besoin de présence affective. Une aide ménagère deux heures par jour suffisait amplement à son quotidien de personne âgée.

Sa mère habite également Marseille avec son compagnon dans une villa du centre ville parmi figuiers et bananiers, bougainvilliers et strelitzias, non loin de la Canebière. Elles se verront moins souvent maintenant qu'Élaine a quitté le midi. Et puis en cas de pépin, l'aéroport n'est pas loin – mais uniquement en cas d'urgence. En effet, par suite d'expériences traumatisantes vécues dans sa jeunesse, défaillances techniques – moteur en panne ou train d'atterrissage bloqué, entre autre – moins Élaine utilise l'avion mieux elle se porte.

Quant à la mère d'Anne, de retour d'un Maroc quitté avec regret et après un concours réussi, elle avait obtenu un poste de secrétaire à la SNCF. Malheureusement une « longue maladie », comme on dit pudiquement ou hypocritement, l'avait emportée rapidement. Anne s'en était remise difficilement. Une psychothérapie avait eu raison de sa dépression avérée. Son père, décédé lui aussi la même année, n'avait pas supporté la transplantation de continent et son implantation à Marseille avait été un échec. Sans attache ni famille proche, hormis sa fille partie sous d'autres cieux et quelque peu détachée de son géniteur, il avait fini, au bout de quelques années, par décrocher. Anne n'avait jamais su exactement les causes de sa mort. Suicide, crise cardiaque, rupture d'anévrisme ? Il n'y avait pas eu d'autopsie. Dieu merci, Élaine n'avait pas eu l'idée d'enquêter ! « Annus horribilis » pour Anne qui, elle, finalement, s'en était bien sortie.

Voilà pourquoi lorsque Élaine montait à Paris – rarement il faut dire et surtout pour raison professionnelle – elle prenait ses quartiers chez Anne, secrétaire dans une société américaine. Malgré ses diplômes, Anne avait choisi ce poste à deux pas de son domicile. Un quart d'heure à pied entre les deux. Finies les pertes de temps dans les transports en commun. Tout ce qu'il y a de plus commun d'ailleurs. Elle avait « donné » lors de ses études au Quartier Latin et ne souhaitait pas vivre « la traversée de Paris » chaque jour. Même sans cochon. Ayant rapidement grimpé les échelons, un poste de direction auquel avaient été greffées des antennes marketing, lui avait été confié. Toutes ces responsabilités occupaient largement son quotidien sans compter les congrès, séminaires et autres sauteries plus ou moins attractives qui empiétaient parfois sur les week-ends. Depuis quelques mois elle s'était rajouté une activité externe bien loin de son milieu professionnel. Une aventure riche et épuisante à la fois qui lui faisait porter un autre regard sur le sujet. Elle avait d'ailleurs banni le mot de « putain » de son vocabulaire et reprenait quiconque l'employait. Elle accompagnait des jeunes femmes prostituées sur le chemin de la réinsertion dans un foyer. Le samedi pour des cours de rattrapage scolaire ; le mercredi pour rencontrer sur leur lieu de « travail » celles qui n'avaient pas encore réussi à rompre complètement avec ce milieu. Et il y en a du monde sur les trottoirs. Des femmes, des hommes, des jeunes, des vieux. Elle notait leurs histoires sur un carnet pour ne pas mélanger ou faire d'impair d'autant que certaines portaient le même prénom, rarement le vrai. Elle pourrait déjà écrire un roman sur leurs vies, leurs échecs, leurs espoirs. Pourquoi ce choix ? Bonne question à laquelle elle n'avait pas encore trouvé de réponse. Depuis toujours elle avait été intriguée, dans certains quartiers, par ces brochettes de femmes court-vêtues, maquillées à outrance, arpentant leur bout de trottoir, qu'il pleuve ou qu'il neige. Déjà petite, lorsqu'elle remontait la rue de Paradis avec son père à Marseille, elle lui demandait qui étaient ces femmes dans les encoignures de porte qui lui disaient toutes « bonjour chéri ». Lui leur répondait alors : « je ne les connais pas, on les appelle des « respectueuses » Plus tard, tu sauras ce qu'elles font en réalité ». Ce mot lui paraissait très mystérieux alors. Que venait faire le respect dans ce décor ? Même aujourd'hui elle n'a pas encore compris le sens réel du mot dans ce contexte. Idéaliste, toujours disponible pour les grandes causes, elle cherchait donc à occuper intelligemment son temps libre, à faire quelque chose d'utile. Ses tentatives d'alphabétisation des populations émigrées par des cours en mairie s'étaient révélées très frustrantes. Pas son truc. Partir pour l'étranger au sein d'une ONG ? Pas le courage. Impossible de tout lâcher ni le goût de l'aventure. La hantise de prendre l'avion, de se faire vacciner. Pourquoi d'ailleurs partir au loin quand on peut agir sur place ? En tout cas il fallait qu'elle se remue pour les autres, certaine de ne pas être prête à construire quelque chose à deux ; probablement par peur d'entrer dans la routine du couple boulot-dodo-bo-bo. Petit bonheur pépère, chaussettes sur la moquette St Maclou, meubles Ikéa, vacances Club et boîtes branchées, non merci ! Un mec à temps partiel suffisait à son équilibre (comme pour les melons il faut en tâter plusieurs avant de choisir le bon) – chacun chez soi – lui laissant tout loisir d'investir dans des causes plus nobles et plus gratifiantes, pensait-elle. Les pieds sur terre et la tête dans les étoiles. Une amie lui avait fait rencontrer Myriam, directrice d'un foyer d'insertion pour jeunes femmes prostituées qui cherchait des bénévoles pour un accompagnement scolaire. Accompagnement qui s'avéra au fil du temps bien plus que scolaire.

IV

Vincennes – mercredi soir

Anne restait persuadée que sa rencontre avec Myriam n'avait pas été le fruit du hasard. Pour elle le hasard n'existait pas – pour une fois elle était d'accord avec Freud. Quelqu'un, quelque part, l'avait sûrement provoquée, cette rencontre. Mais ça c'était une autre histoire. Dans l'immédiat, avant de partir en vacances, son souci était de savoir où était passée Marina ? Depuis plus d'une semaine, silence radio ; elle ne donnait plus signe de vie. Que lui était-il encore passé par la tête ? D'autant qu'elle lui avait promis de prendre sa petite Léa pour qu'elles puissent passer le week-end ensemble à Vincennes. En effet, un accord particulier avec la DDASS autorisait Anne à se porter garante de la mère et de l'enfant un week-end par mois. Sacrée responsabilité malgré tout, compte tenu de l'imprévisibilité de Marina. La preuve, ce silence, parfait exemple de son instabilité. « Va falloir que je clarifie rapidement le sujet. Pas question de partir sans savoir ce qu'elle fabrique, pourvu qu'elle ne se soit pas encore fourrée dans des embrouilles pas possibles. J'aurais quand même dû mettre Élaine au courant ». Elle lui avait sciemment tu ses activités. Pour lui en parler de vive voix avec du temps pour raconter, expliquer, justifier peut-être. Ce n'était pas un bénévolat ordinaire ; mettre en plus une gradée de la police – même amie – dans la confidence ne serait sûrement pas apprécié des femmes prostituées. Le moins qu'on puisse dire. Ça risquait même de lui casser sa baraque et son travail sur le terrain. Valait mieux le jouer discrète et pédagogue. Seulement elle n'avait pas prévu cette disparition soudaine et inopportune. Les flics, elle connaissait pour les croiser ou carrément les rencontrer, eux aussi, souvent, les soirs où elle « arpente » le boulevard. Ils n'y vont pas par quatre chemins, gyro allumé, pilant brusquement, contrôle d'identité, remarques parfois graveleuses. Bref, aucun effort pour se faire accepter même s'ils disent faire – quelque part – leur boulot. Lequel exactement, au fait ? Les traditionnelles, comme on les appelle, se plaignent de plus en plus du « harcèlement » policier dont elles se disent victimes. Une répression accrue les considérant comme des hors la loi... alors qu'elles paient des impôts ! Récemment encore, elle avait été embarquée dans le panier à salade, direction le commissariat pour un contrôle approfondi. Elle n'avait pas résisté à l'interpellation musclée, tentée de vivre cette expérience d'embarquement au poste. Elle avait même demandé à Chantal et Françoise de laisser faire. Impossible de les contenir. Elles n'avaient pas pu s'empêcher de se révolter et de vociférer :

– C'est n'importe quoi. Z'êtes vraiment des nuls. Savez même pas qui vous emmenez.

– Ça va les filles. Calmez-vous. On connaît la chanson. Vous étiez là par hasard, vous papotiez entre copines. Allez, fermez là. Ouste ! Tout le monde au poste.

– Pauvres types ! Vous emmenez une bonne sœur.

Là franchement, elles exagéraient. Qu'est-ce qu'il leur prenait ? Elle n'avait jamais été bonne sœur. Elles savaient bien qui elle était, ce qu'elle faisait, ne le leur avait jamais caché. Là elles en rajoutaient volontairement pour mettre les flics dans l'embarras. Visiblement ça marchait.

– Arrête-toi, paraît qu'on a une bonne sœur dans le véhicule.

(Coup de frein brutal qui propulse tout le monde vers la grille du panier).

– Alors c'est qui la soit disant bonne sœur ? Je ne t'ai encore jamais vue sur le trottoir, dit-il en regardant Anne.

– En effet, nous n'avons pas encore eu l'honneur d'être présentés et pourtant je suis là pratiquement tous les mercredis soirs.

– Sœur Thérèse.com ? T'as l'air différent. D'où tu sors ? Occasionnelle ? Tu arrondis tes fins de mois ? Tu payes tes études ? Allez – papiers !

Anne comprenait le rejet que pouvaient ressentir certains citoyens devant l'espèce de violence qui émanait parfois de quelques fonctionnaires de police. Qu'ils peuvent être cons parfois ! Est-ce l'uniforme qui leur donne cette assurance méprisante ou la peur qu'ils côtoient tous les jours ? Enfin là, devant des femmes, où était la peur ?

– Vous êtes vraiment relous ! Puisqu'on vous dit que c'est une bonne sœur.

Heureusement elle sortait toujours avec son passeport et son permis de conduire, au cas où. Le passeport ? Peut être pas la meilleure idée, vu le nombre de pays mentionnés et le côté suspicieux des policiers mais bon, elle faisait des voyages professionnels un peu partout dans le monde, sans compter ses voyages d'agrément ; d'où les nombreux tampons sur le document. On n'allait quand même pas le lui reprocher. Et puis sa carte d'identité était périmée depuis belle lurette.

– Ben, dites donc, un vrai globe trotter ! Et... pourquoi tous ces voyages ?

– Écoutez messieurs, maintenant ça suffit peut-être. Je ne suis pas encore en garde à vue, pas religieuse non plus. Je fais partie d'un mouvement de réinsertion des prostituées et à ce titre, je les rencontre, en général là où j'ai le plus de chance de les trouver : sur le trottoir. Le soir. C'est la raison pour laquelle ce soir justement j'étais là en train de discuter avec elles lorsque vous avez déboulé. Il ne faut pas être cardiaque d'ailleurs !

– Que ne l'avez-vous pas dit plus tôt ? Je me présente : Lieutenant Roche.

« Tiens un nouveau. J'espère qu'il sera plus cool que celui d'avant » marmonna Chantal qui se faisait régulièrement embarquer.

– Jacques ?

– Non. Pierre, pourquoi on se connaît ?

– Excusez-moi, c'est stupide et primaire. Je pensais à « Monsieur et Madame Roche ont un fils » ; Jacques (et Annick pour leur fille). Vos parents vous souhaitaient solide en tout cas. Pierre Roche, ça fait costaud !.

– En effet, ce n'est pas très malin. Bref en attendant, on fait notre boulot. Sans état d'âme. En plus elles ne se rendent même pas compte qu'on leur rend service. On leur évite les agressions. Parce que faut pas croire, elles sont quand même en danger avec tous ces tordus qui rôdent la nuit. Sans compter leurs macs qui viennent relever les compteurs régulièrement.

– Et alors ? Pourquoi ne les arrêtez-vous pas ceux-là ? Vous devez bien en croiser quelques uns pendant vos patrouilles. Ça ne devrait pas être difficile de les coincer. C'est curieux, vous vous en prenez rarement aux mecs. Même les clients. Jamais vous ne les interpellez. C'est plus facile bien sûr de s'en prendre aux femmes.

– Vous allez voir, ça va changer. Là depuis quelques semaines à peine j'ai déjà bien pris la température des lieux. Très chaude. N'allez surtout pas croire qu'on ne fait rien. Il nous arrive d'embarquer des clients. Tiens, hier soir justement, on en a contrôlé un. Parti faire un jogging dans le bois, une petite envie lui a pris, hop ! Vite fait mal fait sur le boulevard, dans une sanisette. Manque de pot, on l'a surpris en flagrant délit. Sans papiers. Pour quelqu'un qui n'avait pas, disait-il, prémédité son « coup », il avait quand même suffisamment de fric sur lui pour s'offrir une petite gâterie après l'effort. On lui a fait passer la nuit au poste. Les filles étaient furieuses, prenant sa défense. « Vous ne savez même pas ce que vous faites, sa femme va le chercher partout, s'inquiéter. Vous foutez la zizanie dans un couple pour une petite faiblesse d'un soir » râlaient-elles. « En plus on ne le connaît même pas, c'est pas un habitué ». Elles nous disent toujours qu'elles en ont marre des clients, tous les mêmes, et dès qu'on en chope un, elles nous engueulent.

– Si vous essayiez de les comprendre. Humaines simplement, elles savent faire le distinguo entre la faiblesse d'un soir et le besoin d'assouvir des fantasmes. Le client est quand même un des acteurs de la prostitution. Client de passage, client d'instant, client régulier ? Ce serait intéressant de creuser de ce côté-là. De toute façon il n'y a pas de différence. Celui qui accepte l'enfermement, la vente d'êtres humains, ceux qui acceptent qu'ils soient battus, violés, enlevés sont indignes et font honte à la race humaine. Tous responsables. Vous ne vous êtes jamais posé la question ? Bien sûr en tant qu'hommes, vous avez un regard complice, solidaire. Après tout ils ont leurs raisons, leurs excuses, leurs circonstances atténuantes, pensez-vous. Pour vous il faut plutôt les plaindre, n'est-ce pas ? Leur misère sexuelle ? La faute des femmes, leur mère, leur épouse, facile ! Seulement vous n'aimeriez pas tomber sur votre fille ou votre femme je suppose. Et les macs, ils courent toujours, non ? Pourtant ils sont là, pas loin qui surveillent, contrôlent eux aussi. Tenez, je me suis même fait courser récemment Cours de Vincennes – par une voiture – pour m'intimider sûrement. Je n'en menais pas large et l'ai baladé un bon moment avant de rentrer chez moi. Peut-être même m'a-t-il suivie. J'ai réussi à relever son numéro d'immatriculation. On ne sait jamais.

– Quelle véhémence ! Parlons-en justement de tous vos reproches. On filoche, on planque, on prend en flag, on arrête. Un mois après on retrouve le prévenu. Remis en liberté par le JAP*. De quoi décourager les équipes non ce peu d'empres-

*Juge d'application des peines

sement de la justice à gérer le problème et à démanteler les têtes ? Donnez-moi ce numéro. Avec un peu de chance, on ne sait jamais. Vous pourriez le reconnaître ?

– Je ne crois pas. Il portait un bonnet et je n'ai pas pu discerner ses traits.

Anne se disait qu'il y avait quand même beaucoup à faire pour l'information du public qui parlait toujours de ce « plus vieux métier du monde » que l'on ne pourrait jamais éradiquer, qu'elles faisaient cela pour l'argent. Tous les poncifs habituels. Même sa famille tenait ce discours. Il ne pensait pas tout de même ce public ignorant qu'elles prenaient des risques, se gelaient, se faisaient emballer par la police, voire tabasser par leur protecteur ou client, pour le plaisir quand même. La prostitution ? À la fois un lieu de violence et le système qui les produit. Peu à peu elle commençait à les apprivoiser, à les connaître, tentait de remettre les pendules à l'heure, de refuser ce fatalisme, de raconter inlassablement l'histoire de ces femmes qui n'avaient pas choisi d'être là, sur un bout de trottoir, par tous les temps. Toutes avaient un vécu, un parcours chaotiques. Elle restait convaincue qu'avec de l'écoute, un regard différent, une main tendue, on pouvait leur donner un espoir de reconstruction. Un avenir meilleur était possible. Elle refusait la fatalité, la résignation. Elle se révoltait, donc elle était ! (Albert Camus ?) Elle repensait souvent à son premier contact avec Marina et les autres au foyer. Lors d'un dîner mémorable. Un flot de questions personnelles toutes plus déstabilisantes les unes que les autres. Agressions verbales, paroles dures, mordantes, gênantes, soulignant les souffrances morales, les manques affectifs, la maltraitance de ces femmes encore jeunes et déjà si usées. Elle avait réussi à leur répondre calmement, sereinement même si parfois elle aurait bien rué dans les brancards elle aussi devant ce déferlement d'agressivité. Comment arriverait-elle à rejoindre ces femmes, par quel biais les apprivoiser ? La récupération de son briquet en or « emprunté » par Sandra au début du repas fut l'un de ces petits pas. L'ayant vue lui subtiliser discrètement ce bijou, elle s'était tue devant les autres. Au dessert, lors de la corvée de vaisselle, elle lui avait simplement demandé de le lui rendre.

– Tu sais j'y tiens, non parce que c'est une marque mais la personne qui me l'a offert n'est plus de ce monde ; c'est un souvenir important.

– C'est pas moi, t'es qui toi pour me traiter de voleuse, pour qui tu te prends avec tes grands airs ? Casse-toi connasse !

Ça n'augurait rien de bon pour la suite des cours d'orthographe et de maths... Puis finalement, au moment de partir, Sandra lui glissa le briquet dans la poche.

– Tiens, je l'ai retrouvé ton briquet. Tu vois, on l'avait pas volé.

Anne comprit alors que tout n'était pas perdu. C'est certainement la foi en l'être humain, celle en Dieu aussi, bien sûr, qui la guidaient mais ça elle n'avait pas encore osé le leur dire. On n'étale pas ses convictions pour se donner bonne conscience ou se justifier. Il ne suffit pas de dire « je crois en Dieu ». Le « Je suis chrétien, voilà ma gloire, mon espérance et mon soutien » rabâché dans ses années de caté la faisait sourire. Ses recherches personnelles l'avaient conduite loin de cette sorte de méthode Coué, de ce satisfecit inconsistant. Les expériences et les événements de sa vie, signes suffisamment forts, lui permettaient maintenant d'affirmer que la vie valait la peine d'être vécue. Les vicissitudes de cette vie, elle pouvait en parler en connaissance de cause. Seulement elle, elle avait eu la chance de se trouver du bon côté de la barrière, celui de l'amour, du respect, de la tendresse. Celui d'une famille. Un jour justement elle avait dû témoigner de ce verbe. Croire. Qu'était-ce pour elle ? Une question de foi simplement : adhésion, fidélité, exigence, engagement. CROIRE : Chemin – Rencontres – Ouverture – Inattendu – Racines – Esprit. Le chemin, les rencontres, l'inattendu elle connaissait. En revanche l'ouverture avait été beaucoup plus longue. Les racines profondément ancrées, elle pouvait œuvrer avec l'aide de

L'Esprit. Lentement. Sûrement. Qui avait dit « de commencements en commencements vers des commencements qui n'auront pas de fin », elle ne s'en souvenait pas. À la relecture des étapes de sa vie, elle avait reconnu, ces commencements toujours renouvelés. Ces re-commencements.

V

Audierne – Troisième jour – jeudi

« Tout le plaisir des jours est en leur matinée » a dit Malherbe, et comme il a raison pensait Élaine. Ce matin, le pâle rayon de clarté filtrant à travers les volets clos lui chatouille les paupières, l'engageant vivement à se lever. Elle s'est dégottée cette petite maison de pêcheur, un PenTy à « la Montagne » pour un prix encore abordable. C'est ainsi qu'on appelle le quartier sur les hauteurs d'Audierne, au-dessus des viviers. Elle a perdu la rusticité des vieilles maisons de pêcheur typiques, au sol de terre battue, sans aucun confort. Seule l'immense cheminée dans laquelle on aurait pu cuire un cochon entier et les poutres apparentes permettent encore de dater la maison. Le rez-de-chaussée, au sol carrelé et aux murs blanchis à la chaux, est équipé d'une pièce à l'américaine avec salle à manger - coin cuisine, séparés par un bahut. Un banc coffre cache ses bouteilles d'apéros et amuse-gueule ainsi que quelques provisions. Un garde boire et manger en quelque sorte. Avec tous les vide-greniers et brocantes qui prolifèrent, se répandent et reviennent comme le mildiou, elle ne tardera pas à trouver un lit clos. Une petite pièce attenante fait office de salle de bains avec lavabo, douche et WC, éclairé par une minuscule fenêtre. L'escalier de guingois monte à l'étage. L'ancien grenier et une mansarde, au sol entièrement recouvert de moquette, ont été transformés en deux chambres dont la luminosité contraste avec la pièce du bas grâce à trois lucarnes dans le toit d'ardoise, la pierre bleue du pays. Le tout entouré d'un jardinet avec pelouse et pommier du Japon. Plus tard, elle y plantera des herbes aromatiques et des salades, pour lui redonner son rôle d'origine, un potager. Une haie de buis et de laurier la sépare de la maison voisine. Leur plantation remonte sûrement aux années difficiles. Porte bonheur pour de meilleures années. Que demander de plus ? D'accord, elle n'a pas « vue sur mer » mais bon, elle en est à deux pas. Elle ne va pas faire la fine bouche !

Après sa douche, vêtue d'un pantalon, d'un T-shirt, chaussée de tennis, elle décide d'aller au commissariat à pied. Une petite demi-heure suffit pour rejoindre les bureaux, provisoirement aménagés dans les locaux de l'ancienne école maritime. En effet, nouvellement créé, le commissariat n'a pas encore de domicile fixe. SDF, il squatte des bâtiments promis à la démolition et à la convoitise des promoteurs. De là on a « vue sur mer ». Il fait à peine jour, le ciel est d'un bleu très pâle nuancé de rose et d'orangé là où le soleil pointe à peine. Après avoir respiré avec volupté, elle sent l'air délicieusement frais, à peine iodé et picotant, l'envelopper. Lentement, les mains dans les poches, elle descend par le petit chemin se sentant soudain libre et sereine. Que la nature lui paraît particulièrement belle ce matin, encore scintillante de son manteau de rosée ! La fontaine, son eau claire et le lavoir dans lequel elle se déverse, sont toujours là ; « la piscine aux lapins » comme elle l'appelait lorsqu'elle était enfant. En observant les petites crottes alentour, elle imaginait les conciliabules nocturnes de lapins allant au bain ! Le chemin conduit directement à la plage ; pas vraiment le parcours le plus court pour aller au bureau mais qu'importe ! Elle préfère longer le bord de mer à l'odeur si caractéristique des basses mers de Bretagne où les algues, fucus – ne pas oublier vesiculosus, « fucus vesiculosus » serinait

Madame Pelissier, sa prof. de SVT (pouvait pas dire goémon comme tout le monde !) – imprègnent l'atmosphère. Fragrances pour certains, les littéraires, puanteur pour les autres, témoins de leur décomposition. Décidément les vers de Xavier Grall lui parlent à chaque pas :

« Sacré vieux pays (...) Tu es ma drogue et ma fatalité, Ma liberté, mon souffle (...) Alors une nouvelle fois je te dis bonjour, mon pays... » Le soleil maintenant un peu plus haut dans un ciel sans nuage répand une douce chaleur. Rien de tel pour entamer la journée.

« Dorénavant faudra vraiment que j'évite de prendre la voiture pour aller à la boutique. »

– Alors patron, bonne votre soirée pneumo-iodée ? Je vous ai aperçue en grande conversation avec un beau Viking.

Ma Doué, elle en avait presque oublié son enquête. Heureusement Le Braz avec son bon sens était là pour la ramener sur terre, dans la réalité. Lui, il loue une chambre à l'hôtel des Voyageurs. Et oui, il y avait une gare autrefois et un train, le « Yaoutar ». Elle était entrée dans l'Histoire puisque c'est là que Pierre Brossolette avait été arrêté avant de se suicider à Paris pour éviter les tortures de la Gestapo. Élaine ne savait pas encore grand chose de son lieutenant. Son humour décalé, une certaine culture, un sens aigu de l'observation ne lui avaient pas encore permis de cerner le personnage. Encore trop tôt. Mais elle appréciait son calme olympien, son apparente décontraction. Et sa voix. Le peu de renseignements qu'elle avait obtenus sur lui auparavant lui laissaient entendre qu'il cherchait toujours le détail, traquait l'indice – même en cas de mort naturelle. Originaire du Cap lui aussi, il ne l'avait encore jamais quitté ; sa connaissance de chacun, son instinct, lui permettaient souvent de recouper des affaires qui, a priori, n'avaient aucun rapport entre elles. D'où sa propension à laisser les dossiers sédimenter. Il paraît aussi qu'il grignote des galettes, parle breton, joue de la bombarde et anime des festou noz avec un copain au biniou braz. Elle qui a horreur de cet instrument diatonique. Pourquoi ne joue-t-il pas de la harpe celtique aux sons tellement plus mélodieux ? Et il est marié.

Sylvie, sa femme, habite leur appartement à Douarn', au-dessus du port de pêche, mais compte tenu de sa vie à lui, de ses déplacements, enquêtes et autres aléas du métier, il ne rentre pas souvent au bercail. Cependant toujours il la prévient. Au bureau, il parle rarement de sa vie privée. Ils n'ont pas d'enfant. Sylvie a organisé sa vie. Femme de marin, femme de flic, où est la différence ? Elle n'en voit pas. Un cortège de veuves ! L'attente. La peur. La détresse. Combien de fois est-elle venue se recueillir au monument des « péris en mer » avec sa mère vêtue de noir ? Elle ne va jamais sur la plage ou sur la digue. Des lieux de mort. « Quand on épouse un marin, c'est la mer et la mort qu'on épouse », disaient les femmes.

Son père repose en mer d'Iroise dans le « jardin des tempêtes ». Un vent mauvais de suroît avait eu raison de sa chaloupe. Il récoltait le goémon au large de Molène. Ça rapportait plus que sur le littoral. Son grand-père paternel, lui, avait été happé par une lame de fond. En cueillant le goémon noir, récolté à même les flots. Mouillé jusqu'à la ceinture au milieu des vagues. Métier dangereux. Arracher les longues tiges en mer, les ramasser pour les entasser sur la grève, les remonter à dos d'homme ou de femme – le cheval n'était pas toujours disponible – les sécher et enfin les brûler toute la journée pour obtenir cette manne qui serait ensuite apportée à l'usine, était épuisant. Une fois traitée, on la vendait aux industries pharmaceutiques ou alimentaires. Parfois les algues séchées servaient à la cuisson des aliments. Même les bêtes en profitaient pour pallier le manque de foin.

Sylvie ne va jamais à la fête du goémon en Juillet. Ça attire du monde, les anciens qui se souviennent encore, les vacanciers qui découvrent, étonnés, ce qu'ils prennent pour une coutume ancestrale. Voir le goémon brûler au fond de la fosse creusée dans le sol, y déposer un magma qui va durcir pour devenir pain de soude et se retrouver dans leurs yaourts après traitement en usine les fait grimacer. Beurk ! Son grand-père maternel était gabarier ; il transportait du sable. De lui, la mer n'avait pas voulu. Mort dans son lit. Bêtement finalement. Elle se l'était jurée. Jamais elle n'aimerait un marin. Malgré tout, elle ne pouvait s'empêcher d'étaler inlassablement sur des toiles cette mer vorace, carnivore, parricide et fratricide, cimetière sans tombe, reposoir infernal, éternel et définitif. La violence de ce qu'elle peignait, son chevalet posé sur la lande des pointes, celle de Kastell Coz, sa préférée, sous le regard de badauds, avait intrigué Le Braz. Les bistres, les gris souris, le sombre de ses cieux contrastaient avec son regard clair et la douceur de sa voix. Il ne lui avait rien caché de son métier, ses risques et sa violence. Cependant, la façon qu'il avait de lire sa peinture, comme dans ses pensées, l'avait séduite. Devenue sa femme, elle continuait à pratiquer son art, à s'exprimer avec des pinceaux et des couleurs. Sa manière à elle d'évacuer ses angoisses. Quoiqu'au fil du temps, sa palette se modifiait. L'hiver, les touches de couleurs gardaient les sombres plombés et les verts de gris sous la brume mais à l'automne le roux des fougères faisait flamboyer ses tableaux.

– Les Vikings, Le Braz, c'est en Normandie. En effet, j'ai retrouvé un ami d'enfance, perdu de vue depuis bien longtemps. Nous avons ravivé de lointains souvenirs de gosses, toujours bien présents malgré le temps passé. À vrai dire j'ai surtout l'impression d'avoir parlé de moi. Lui est resté un peu trop silencieux à mon goût. Il a – comment dire – arraché des pages au livre de notre enfance et de notre adolescence, des chapitres entiers même. De toute façon je ne compte pas le lâcher ainsi ; nous allons certainement nous revoir. Peut être le connaissez-vous ?

– Ben voyons ! Un ami ! Vous n'étiez pas entrain de mener un interrogatoire, j'espère, histoire de mélanger les genres ? Oui je sais bien d'où viennent les Vikings mais je trouve que ça lui va bien. Je ne le connais pas personnellement ; je l'ai, en effet, croisé quelquefois sur le port. Il a une « gueule » On dirait Kirk Douglas jeune ou Michael, son fils. Pendant que vous revisitiez vos années scolaires, ce matin j'ai glané des infos préliminaires sur notre cadavre.

Ludwig Klein, 56 ans. Logeait dans un cabanon en parpaings attenant à un blockhaus, perdu au milieu de la lande de Trez Goarem, possédait une barcasse fatiguée et vivotait du produit de sa pêche. On le retrouvait sur les marchés alentour avec ses crabes et araignées. Un type discret, inodore, incolore, peu loquace. Sans histoire.

– C'est allemand, ce nom.

– Ouais ! Personne ne sait grand chose de lui ou ne veut en dire ; en fait on ne se pose pas trop de questions ici. Du moment que vous ne faites pas de bruit et surtout ne demandez rien à personne, on se moque de votre pedigree. En plus il parlait, paraît-il, un français sans accent. À se demander s'il était réellement Teuton.

– Allemand, Le Braz. C'est tout ?

– Ben, c'est déjà pas mal ; on a trouvé un fil à tirer. En fait, il a l'air de ne manquer à personne. L'était là, y est plus. Peu importe. Avait-il une double vie, trafiquait-il ? Allez savoir. « Cela ne nous regarde pas » dit-on ici.

– Oui mais voilà, notre boulot fait que ça nous regarde et que nous devons poursuivre l'enquête. Vous avez perquisitionné la baraque, je suppose.

– Ben évidemment. On n'est peut-être pas des flèches ni équipés comme les « Experts » mais on a les bases... et le flair. Genre spartiate la maison ! Comme le personnage, apparemment ! Humide. Une odeur de champignon. Meublée a minima. Une armoire de récup, un buffet bancal en formica, une table et des chaises de camping, un réchaud. Pas de cheminée, encore moins de radiateur. Devait se cailler l'hiver. Un matelas par terre, des rames, des cordes, des poutres, une planche à voile, un inventaire à la Prévert. Il devait écumer la plage après les tempêtes c'est pas possible, avec ses bouts de ficelles et ses palettes de bois. Aucun indice précis. Ah si ! Quand même, cette photo que je vous ai rapportée, jaunie, dentelée, ramollie par les ans et l'humidité, perdue au fond d'un tiroir.

– Je ne connais pas les Experts. Une photo ? Que ne le disiez-vous pas plus tôt ! Montrez-moi ça. « 1975 : ma Viviane et mon fils » Signé : « Merlin ». Ah franchement, ça nous aide ! D'autant que, d'après mes souvenirs de contes et légendes, Merlin n'a pas fait d'enfant à Viviane. Et puis quel flou ! On ne distingue même plus leurs traits. La femme quel âge ? La trentaine peut être ? Une dizaine d'années pour le gamin. Bof c'est toujours mieux que rien.

– L'écriture semble celle d'un homme qui se nourrit de rêves instables, se réfugie dans l'utopie.

– Ah parce que ça vous parle ? Vous êtes graphologue ?

– Quelques notions seulement, très basiques. Si j'avais le temps j'aimerais explorer cette « psychologie du geste ». J'ai lu quelque part que c'était l'empreinte de l'homme. Parfois ça nous serait utile et éviterait de faire appel à des graphologues externes qui retardent les enquêtes. Faut quand même se méfier, ce n'est pas vraiment une science exacte mais ça peut aider un peu. J'ai également ramassé des coupures de journaux sur le procès de l'Amoco Cadiz et la catastrophe de l'Erika au cas où.

– On avance, on avance. Bon, ce soir je dîne avec Luka Le Bihan. Je tenterai de creuser les zones d'ombre de son parcours. J'ai l'impression qu'il sait beaucoup de choses. Avec un peu de confiance et de lambig, peut être m'en dira-t-il un peu plus. Connaissait-il cet homme ? Là est la question !

– Et voilà le travail. Ça vous arrive de dîner chez vous ? À moi les fastidieuses tâches diurnes, au patron les investigations nocturnes, romantiques et arrosées de calva. S'appelle Luka ! Ce n'est pas d'ici ce prénom.

– Non pas vraiment, simplement une contraction des prénoms de ses parents Ludovic et Kattell.

– Tiens ça me fait penser à un conte de Noël catho. Le gosse s'appelait Eliasim. Il se demandait d'où ses parents avaient tiré ce prénom. Jusqu'au jour où ils lui dirent que leur amour les avait conduits à trouver cette contraction des leurs : Eliane et Simon. Peut être que pour votre Luka ça a été pareil.

Catho Le Braz ? Elle n'imaginait pas un flic catho. Encore moins qui ose faire référence à une éventuelle appartenance confessionnelle. D'autant que dans le Cap il y eut quelques sévères zizanies autrefois entre les Blancs et les Rouges. On est loin de tout ça maintenant et pour tout dire elle s'en moque, ça la ferait plutôt sourire ces histoires de calotte et de coco. « Je lui en toucherai deux mots un jour quand même » pensa-t-elle.

VI

Audierne – jeudi soir

Luka et Élaine se sont donnés rendez-vous devant le grand restaurant du port. Elle s'était toujours promis de s'y offrir un repas, un jour, lorsque ses finances le lui permettraient. Bientôt certainement. Vêtu d'un pantalon de toile beige, pratiquement neuf – il ne doit pas beaucoup servir – impeccablement repassé, d'une chemise de coton bleu clair, col ouvert sur un Triskell, Luka porte beau. De l'allure. Une gueule, comme dit Le Braz. Belle en plus. Son teint hâlé en permanence, ses yeux gris-bleu acier, ses cheveux longs aux reflets argentés attirent certainement les madones des régates. Curieux. « Où sont les femmes ? » J'en vois peu dans son circuit mais ce n'est peut-être qu'une impression, songeait Élaine en lui faisant la bise.

– Quelle élégance ! Tu sens bon !

Elle ne s'y connaissait pas spécialement en eau de toilette masculine mais celle-là ne l'agressait pas comme les trop poivrées et entêtantes qui pouvaient facilement lui gâcher une soirée.

– Rien d'original. L'eau de toilette c'est souvent un des cadeaux récurrents de ma mère. Ce soir je te propose un plateau en bord de mer à Plogoff. On peut même aller à la Pointe si tu veux. Lorsque les vacanciers ont réintégré leur camping, c'est plus calme. Avec un peu de chance, on s'offre le coucher de soleil en prime. Les quelques visiteurs restants, fascinés, scotchés par le spectacle, rendent le silence et l'émotion palpables. Tu te souviens de ce que disait un vieux sage « si tu désires voir, écoute ! » Tu ne reconnaîtras pas là-bas non plus. Tout est transformé. Plus de souk ni de statues au goût douteux. Fini le paysage désertique de la lande piétinée. Maintenant, avec l'opération Grand site, faut payer pour ce renouveau, notamment l'entrée du parking. Ensuite t'as le choix entre la navette écolo qui roule au gaz ou « pedibus cum jambis » pour aller au bout de la Pointe. Le cheval qui tire la calèche est toujours vivant. Avec le sentier côtier obligatoire, plus question de marcher n'importe où ; du coup la végétation repousse doucement ; les piétinements ne dévastent plus la lande qui respire à nouveau. Elle revit. On retrouve des espaces naturels et les visiteurs peuvent humer l'air du large tout en s'en mettant plein la vue.

– Dis donc, tu es très « protection du littoral ». T'as bien raison. Quand on voit les résultats sur la Côte d'Azur et je peux en parler en connaissance de cause. On verra le rayon vert ?

– Ah ! Ça je ne peux pas te le promettre ; tu sais, je n'ai jamais beaucoup cru à cet effet solaire. À mon avis, c'est plutôt dans la tête que ça se passe.

– Décidément, chaque fois que j'évoque cette beauté de la nature je n'ai droit qu'à des sarcasmes. Tant pis. C'est ma Madeleine. Va pour le plateau.

– En tout cas s'il n'y a plus le souk et ses oripeaux kitsch, y a toujours autant de restaurants et de boutiques de souvenirs. Je ne sais pas si ça marche, je ne me suis jamais posé la question d'autant que j'évite vraiment d'y aller. Le circuit Pointe du Raz – Baie des Trépassés – Pointe du Van, il vaut mieux les contourner en cette saison parce qu'on ne peut pas en profiter sereinement.

– Au fait, en parlant de Baie des Trépassés, tu sais qu'on y a trouvé un cadavre la semaine dernière. T'es au courant ?

– Déformation professionnelle ou question anodine ?

– Sûrement un peu des deux. Le lieutenant Le Braz m'a parlé ce matin de cette affaire en cours ; du coup j'y pense parce que tu me parles de la Baie. Je croyais que tu en avais peut être entendu parler.

– Oui, évidemment. J'en ai entendu parler comme tout le monde ; ça a jeté un froid sur le Cap parce que des morts on n'en a quand même pas tous les jours. Remarque, vous ne vous foulez pas dans vos recherches. Je ne dis pas ça pour toi. Tu viens d'arriver, mais franchement « Doucement le matin, lentement le reste du temps » hein ! Si tu mets ton nez dans l'affaire, je veux bien t'aider mais une autre fois. Ce soir je préfèrerais vraiment déguster des fruits de mer sans me prendre la tête avec les faits divers du coin. À vrai dire je n'en sais pas grand chose.

– Non seulement je vais y mettre mon nez mais je dois la résoudre. Pas question d'enterrer le dossier. On a des devoirs envers les victimes.

Ça n'est, en effet, pas la grande foule au restaurant ce soir. Yvon, le patron, les installe dans un coin tranquille, près de l'immense cheminée dans laquelle on pourrait cuire un bœuf entier. Mais ce soir, point de feu, point de bœuf. Rien qu'une odeur de cire et de pommes. Et le balancier de la pendule qui fait inlassablement défiler les heures de ses agaçants tics-tacs. « Des souris qui égrènent le temps » disait Allais.

– Alors Luka, demande Yvon, comment va la pêche ces temps ? J'ai appris que tu t'étais mis au bar de ligne. Explique à ta copine c'te pêche.

– Oui. c'est un peu risqué ; on va là où personne n'ose s'aventurer – « entre les déferlantes et les rochers » comme dit la pub. Mais ça paye mieux. Le fait de tourner dans le Raz de Sein depuis toujours me permet de prendre le moins de risques possibles. On a parfois des coups de vent qui tournent parfois à l'ouragan. Je commence quand même à en connaître ses passes et ses pièges depuis le temps. Y a que la mère qui angoisse. Surtout lorsque mon frère est en mer lui aussi. Il est plus casse-cou. Il a son bateau dans le trou de Bestrée, tu sais ce tout petit port, cette « plaisanterie de port » et ses bateaux suspendus. Avec la houle et le ressac, les courants et le vent, c'est infernal. Seulement les poissons ont une chair plus rose. Ça se vend mieux. C'est pareil à l'anse Loubous. Tu te souviens, c'est là qu'ils voulaient construire la centrale nucléaire de Plogoff sur les landes de Feunten Aod. Si mon père ne s'était pas fait la malle cette année-là, pour sûr qu'il aurait pris des pierres contre des fusils et monté des barricades au Loc'h et à la Baie avec les autres. Lui non plus n'aurait pas accepté que l'on détruise son pays. Il aurait revendiqué les « Plogoff n'est pas à vendre »

– T'as un frère ? (Étonnée Élaine, les yeux en points d'interrogation. Frère. Elle n'a retenu que ce mot !) Tu ne me l'avais pas dit. Depuis quand ? Enfin... quel âge a-t-il ? Quel est son nom ?

– T'es vraiment flic, hein ! Toujours des questions. Un interrogatoire ? Je rigole. Dix-huit ans. Yannig. Une vraie saga, l'histoire de notre famille !

Yvon, prépares-nous un plateau et un Muscadet sur lie. Tu verras, il est si copieux qu'un seul suffit. Comme en plus je ne coure pas après les huîtres, tu vas t'en régaler. Elles sont, paraît-il, succulentes et pas laiteuses. T'en raffolais, non, dans le temps ?

– Oui. Et il paraît que c'est bon pour les nerfs. Alors je ne vais pas m'en priver. Raconte cette saga.

– Saga, c'est vite dit, tu sais on n'est que deux. Si je dois te parler de Yannig, mon frère, va falloir repartir du début. Où en étais-tu restée ?

– Je ne sais plus. Nous avons dû partir en 1975. J'avais dix ans lorsque mon père a été muté à Toulon. Un choc. Oh ! Il y avait bien toujours la mer, les bateaux, le soleil de surcroît, quotidien, brûlant, implacable. Cette mer, la grande bleue comme ils l'appellent là-bas, à tes pieds, sans marée ni goémon, toujours là. Elle m'a terriblement manqué notre vraie mer avec ses fureurs, ses couleurs changeant au gré de son humeur, ses vagues déferlantes, puissantes, terrifiantes parfois. Ce bout du monde. Je ne connaissais personne. On logeait en appartement dans une cité militaire non loin de la plage. Ce ne sont pas mes meilleurs souvenirs. En plus mes parents se sont séparés au bout de deux ans. On a atterri à Marseille avec maman. J'y ai même retrouvé Anne.

– J'imagine le bouleversement. Tu te souviens de mon père Ludovic. En 1976, après le naufrage du pétrolier allemand, le Bohlen, entre Ouessant et Sein, il a, comme on dit « pété les plombs ». Déjà deux ans auparavant il n'avait pas supporté le désarmement du France. Il envisageait déjà de partir. Il parlait vaguement d'embarquer du Havre sur un pétrolier de la Shell mais le pétrole ce n'était pas son truc. Ça lui faisait peur ces mammouths des mers qui tuaient les océans en les polluant. Pour finir, il décida d'embarquer sur un rafiot du Guilvinec – alors qu'il avait son propre chalutier – pour une campagne de pêche en haute mer. On ne l'a jamais revu. Même qu'on a eu des doutes sur son embarquement réel. Le capitaine du bateau supposé l'avoir embauché ne l'avait, en fait, jamais vu. Ma mère l'a fait rechercher, a lancé des appels dans tous les ports de France. Elle s'informait de tous les naufrages, ceux d'Irlande, des Nouvelles Hébrides, même ceux de Mauritanie. En vain. Il y a bien eu de fausses pistes. Des Le Bihan, c'est pas ce qui manque dans la marine mais c'était jamais le bon. De guerre lasse, elle a fini par abandonner les recherches, chaque information lui causant plus de chagrin que de réconfort. Elle se disait qu'il avait probablement eu ses raisons, que son passé l'avait rattrapé, le naufrage du Bohlen ayant été le déclic.

– Son passé ? Quel passé ?

– Ma grand-mère Maryvonne, peu de temps avant de mourir, lui avait raconté la nuit de novembre 1943, son viol par des allemands dans les Côtes du Nord – d'Armor comme on les appelle maintenant. Un épisode douloureux de sa vie dans le pays en guerre. Pourquoi avait-elle parlé ? Mystère.

Peut-être pour exorciser cette horreur ou pour qu'il ne manque pas un chaînon à la lignée Le Bihan.

– Je n'étais pas au courant des origines de ton père. Ta mère les connaissait-elle ?

– Ma mère oui, bien sûr. Moi pas du tout à ce moment là. En plus ça ne m'apportait rien de le savoir. La preuve : ça a foutu la merde dans les esprits, dans leur vie et à moi, créé plein de questionnements, de blocages. Depuis je m'interroge encore. Pourquoi ? Où ? Je l'ai haï de nous avoir laissés sans un mot, sans une explication.

– Et ton frère là-dedans ? Vous n'avez pas le même père si je ne m'abuse. C'est quoi son nom de famille ?

– Tu mènes vraiment l'enquête hein ! Quéméneur comme ma mère, évidemment. Pourquoi cette question ?

– Non mais attends, ça ne te gêne pas ce mystère ?

– Pas vraiment. Je ne sais pas qui est le père de mon frère. Et alors ? Je m'en fous. Ça m'apporterait quoi de le savoir puisque visiblement il ne s'y est jamais intéressé non plus ?

– Ça ne t'a jamais posé question. Ta mère te fait un frère. Toi, t'as alors presque vingt ans et vous ne vous dîtes rien. J'hallucine !

– Oh ! Tu sais, moi la planche, la pêche ça me suffisait. J'avais récupéré le bateau du père. Je n'étais pas souvent là. Elle pouvait bien faire ce qu'elle voulait de sa vie. Elle était encore jeune. Et puis, elle est partie quatre ans à Quimper. Le regard des gens ici n'était pas tendre pour une mère célibataire, fille-mère comme ils disaient.

– T'as jamais vu d'homme à la maison ? Ce n'est pas de la parthénogenèse la conception de ton frère quand même. Ta mère n'est pas l'Immaculée Conception. Et ton frère non plus ne s'est jamais posé de question ? N'a jamais cherché son père ?

– Je ne sais pas trop. On se cause peu. Il s'est pris d'affection pour un type vers Saint-Tugen, un grignou, une espèce de marginal qui vit de pêche dans une baraque, une loche sans confort avec paillasse par terre. Il lui prête la main pour les casiers, ils font de la planche ensemble. Apparemment le type se débrouille pas mal. Je ne sais pas ce qu'ils se racontent. Ce doit être un de ces babas-cool chevelus qui s'est posé là après une longue route, qui a trouvé son point d'ancrage. Peut être lui a-t-il servi de père de substitution.

– Bon ce n'est pas que je m'ennuie, loin de là, mais il se fait tard et demain je fais le point avec le lieutenant Le Braz. Tu dois le connaître. Il est d'ici.

– Possible. Moi la police, moins je la vois, mieux je me porte. On croise plus souvent les gendarmes et les pompiers sur le Cap.

– Merci pour le repas. En plus, ton récit, la cerise sur le gâteau. À l'occasion, j'aimerais aller à la pêche avec toi, histoire de comprendre cette fascination que vous avez tous de ces lieux. Cette espèce de défi permanent dans le Raz de Sein. Faudra que tu me présentes ton frère. Vous vivez tous les deux chez votre mère ?

– Et oui. De vrais « Tanguy ». Encore chez maman ! Tant qu'elle ne nous met pas à la porte… À mon avis elle se sentirait perdue toute seule dans cette grande bâtisse. Et puis on ne se gêne pas vraiment les uns les autres. On a nos coins, nos issues de secours, on remplit le frigo et le congèl. On s'occupe du terrain, du potager, des arbres ; on fait du cidre avec nos pommes. Qu'est ce qu'on ferait dans un appartement ? Si tu veux aller à la pêche faudra t'accrocher. Ça remue sec. Vaut mieux ne pas être sujet au mal de mer. Sache que ce n'est pas un défi, c'est notre gagne-pain. Tiens, du coup je ne t'ai pas raconté comment ça se pratique.

"C'est fou à son âge d'habiter encore chez sa mère – qui lui achète ses eaux de toilette en plus ! Sa copine a peut être un appartement – au fait en a t'il une ? – ou alors il est homo ! Mais en quoi ça te regarde ? C'est bien des questions de bonne femme à langue vipérine. T'as quand même pas des vues sur lui non ? Ton objectif premier ma fille : enquêter sur le ou les meurtres" grommelait Élaine en rentrant chez elle.

VII

Audierne – Quatrième jour – vendredi

Se lever ? Déjà ! Quel jour sommes-nous ? Ah oui, vendredi. Mince, ça passe vite ! Elle a un peu mal aux cheveux, Élaine, ce matin au saut du lit. Le Muscadet, la famille Le Bihan-Quéméneur lui causent un réveil embrumé, brouillasseux, à l'image du ciel brumeux et calagineux qui recouvre la baie. On n'aperçoit même pas la criée de Poulgoazec, encore moins les maisons de Plouhinec. À peine si on distingue les fileyeurs restés à quai. Ils partiront plus tard si le temps se lève, en général avec la marée. Pas question pour eux de prendre de risque dans les parages d'Ar-men. Tant pis pour la lotte et le turbot s'il en reste encore en cette fin de saison. Elle se dépêche de rejoindre son antre professionnel qu'elle a tenté d'aménager avec les moyens du bord. Pauvres. Moins de poussière déjà, des chemises de rangement neuves, de couleurs différentes, soigneusement étiquetées, dont le contenu, brièvement résumé dans son ordinateur, est répertorié avec des mots clés. Elle a commencé à prendre connaissance des affaires criminelles de la région, les plus récentes dans un premier temps. Beaucoup liées à l'alcool, à la drogue maintenant, drames passionnels de la jalousie. La presse locale les avait parfois mises à l'honneur. Plus tard elle se plongerait dans les archives. La chemise « Ludwig Klein » vert fluo trône au milieu du bureau et lui saute au nez chaque matin. Comme si elle risquait de l'oublier ! Un dossier rose « Marina Malaval » venait de quitter la pile et rejoindre le vert. Deux affaires en même temps, ce n'est pas le bout du monde. Et puis... nous y sommes au bout du monde.

– Demat* Le Braz. Du nouveau ? Où en sommes-nous ? Pour ma part des faits m'ont tenue éveillée une partie de la nuit. En plus avec ce gémissement lancinant des bouées du plateau de la Gamelle, impossible de dormir. J'aimerais aussi que vous me briefiez rapidement sur cette affaire de la Baie. J'ai compulsé le dossier. Défaut de charpente, si vous me permettez un commentaire, c'est le moins qu'on puisse dire.

Léger le travail d'enquête préliminaire. Vous concluez au suicide. Je n'ai pas le même sentiment. On ne vient pas ici par hasard. Il faut en trouver la raison. Deux morts en des lieux si proches l'un de l'autre et à si peu d'intervalle, avouez que ça craint. Faut creuser, Le Braz. Revoir votre copie. Vite. Paris a appelé. Les collègues connaissaient la victime. Marina Malaval était une prostituée, plus ou moins en réinsertion. Ils mènent leur enquête auprès de ses proches, de ses copines d'infortune, de sa famille. Ils avancent de leur côté. Mais quel était le lien entre ses activités et notre fin de terre ?

– Bonjour patron. On parle breton maintenant ! Êtes-vous sûre que ce soit la Gamelle qui vous ait empêchée de dormir ? Je pencherai plutôt pour des agapes ou les bras du Viking. Essayons de traiter une affaire à la fois si vous permettez parce que le petit pois chiche qui me sert de cerveau sous la casquette ne fonctionne pas en surmultiplié. En relisant les dernières mains courantes, j'ai noté un banal accident de voiture il y a trois jours entre Trez Goarem et Keromen justement ce matin.

– Viking, c'est normand Le Braz. Vous le faites exprès, c'est pas possible. Vous m'énervez à la fin, je n'ai pas la tête à bla-

* bonjour

guer ni à écouter des âneries. Qu'avons-nous à faire d'un accident de la route maintenant ?

– Un stupide carambolage, surtout ! Un mono space sur le chemin du retour, plein de mômes, de vélos, de bouées, pile bêtement. Ils avaient oublié le chien ! Évidemment la voiture qui suit, surprise, va a-benn. Alors là, même si le jeune qui les a emplafonnés est dans son tort, je dis stop aux pubs tordues de la télé. Vous connaissez Gaston ?

– Va a-benn ?

– Elle lui est rentrée droit dedans. Beugner, poquer, bigorner, quoi ! Va falloir apprendre les expressions bretonnes, patron, parce qu'ici c'est le viatique indispensable pour se faire accepter. Si j'ai un conseil à vous donner, apprenez carrément la langue du pays.

– Merci de vos conseils. Je ne connais pas Gaston et la télé je la regarde en pointillé. Quant à la pub, je ne vois pas bien le rapport mais si ça concerne notre affaire vous allez me la raconter, j'en suis sûre.

– Voilà : imaginez une famille qui part en pique-nique dans son mono space justement. Tout d'un coup, l'un des gamins dit : « on a oublié Gaston ». On pourrait penser que Gaston est le grand-père, oublié dans les oyats ou les rochers. Ben non ! « Il est peut être dans le coffre » dit un autre gosse. Le conducteur freine brutalement. Tout le monde descend et regarde dans le coffre. Qui est Gaston ? Je vous le donne en mille ? Un fromage ! Que fait la sécurité routière ? Rester maître de son véhicule, okay. Et la connerie d'une pub, qui peut la maîtriser ?

– Franchement je ne vois toujours pas le rapport. Au fait Le Braz, au fait. Du concret s'il vous plaît !

– J'y viens. Le conducteur de la voiture tampon : Yannig Quémeneur, dix-huit ans, domicilié à Esquibien, pêcheur de son métier et... véliplanchiste. Ce ne serait pas de la famille de votre Celte ? Enfin d'après mes investigations. Celte vous préférez ?

– Son frère. Je le sais depuis hier soir. Les raisons de ma nuit agitée sont un peu l'histoire que je comptais vous raconter. Leur histoire.

– Nous tenons un bout de cette affaire, patron. Pourvu que ce soit le bon. C'est le joker Yannig qui m'a mis sur la piste. Je travaille moi, je cogite, j'enquête quoi, pendant que Madame hume, contemple, dîne avec ses souvenirs et ses rêves d'enfance. À nous deux on va peut être obtenir un résultat, résoudre les affaires. Une petite lueur au bout du tunnel, enfin. Je suis allé le trouver sur la plage. Il sortait de l'eau. Son tatouage à l'épaule, identique à celui de notre noyé, m'a fait immédiatement tilter. J'en ai profité pour l'interroger. Intéressant.

VIII

Vincennes – Cinquième jour – samedi

Seule en cette fin de semaine, Anne n'attend personne. En jogging spécial – celui qui la fait transpirer et perdre du poids – elle s'active à la si répétitive et peu gratifiante corvée des fins de semaine qui la fait vraiment suer, au propre comme au figuré et encore elle connaît un mot plus scato. « Vivement que je gagne assez pour déléguer ce pensum à une femme de ménage. Au moins ça donnerait des heures de travail à quelqu'un et libérerait une bonne partie de mon week-end » ronchonnait-elle. Il existe tellement de choses plus passionnantes dans la vie que la traque hebdomadaire du mouton et la chasse aux acariens. Elle la faisait cette cynégétique domestique du grain de poussière, pour rendre propret son logis, deux pièces et demie (importante la demie), cuisine, douche, une entrée (la demie) pleine de placards. Histoire surtout de ranger les fringues qui traînent, étalées ou tirebouchonnées sur une chaise du lundi au vendredi, et dans le cas présent, de prévoir celles qu'elle emportera en vacances. Faut toujours penser aux variations de températures : l'eau, le vent, le soleil. Les trois rayons symboliques du Triskell de sa bague : l'eau, l'air et le feu.

Dring Dring. On sonne à la porte. Qui peut bien se pointer à cette heure un samedi ? Anne regarde par l'œilleton. « Zut le flic de mercredi ! ». Il drague ?

– Madame Nedellec. Lieutenant Pierre Roche. On se connaît déjà, je crois. Bonjour.

Décidemment quand il ne la découvre pas en bonne sœur au bois, il la surprend en reine du plumeau et de l'aspirateur.

– Entrez. Excusez ma tenue, je suis en pleine activité ancillaire (*M'étonnerait qu'il connaisse ce mot ? Du latin « ancilla, ancillae, servante*). Que me vaut la visite de la maréchaussée en cette fin de semaine ?

– Vous connaissiez Marina Malaval ?

– Oui, bien sûr. Pourquoi connaissiez ? Il ne lui est rien arrivé j'espère ? Depuis bientôt un mois je n'ai aucun signe de vie de sa part, ce qui m'inquiète sérieusement. Ce n'est pas son habitude. Malgré des coups de fil à droite, à gauche, aucun résultat. Pas de nouvelle dans son ancien foyer. Personne ne l'a vue ni eue au téléphone. J'allais même appeler les hôpitaux. Je vous en prie, asseyez-vous.

– Elle est morte. On a retrouvé son corps au fin fond de la Bretagne, sur une plage du côté de la Pointe du Raz.

– Morte. Vous avez bien dit morte ? Ce n'est pas possible. Que s'est-il passé ? Comment ? Quand ? En Bretagne ? Mais que faisait-elle là bas ? Excusez ce flux de questions, je n'y comprends rien.

– Questions que nous nous posons aussi, bien sûr auxquelles vous avez peut-être des réponses. Compte tenu de vos relations avec elle, vous pourrez nous aider à y voir clair. Pour l'instant, même si son parcours particulier ne nous laisse aucune illusion sur les possibles raisons de sa mort, il nous faut tenter de trouver la piste qui nous conduira à son meurtrier.

– Ah ! Parce que c'est un meurtre en plus ?

– Écoutez, les fréquentations de Marina Malaval ne provenaient pas toutes de la crème. Vous n'étiez pas, non plus, sans connaître ses activités sur les boulevards. Elle était régulièrement ramassée pour racolage. Que savez-vous d'elle exactement ? Comment était-elle lorsque vous l'avez vue pour la dernière fois ? Vous semblait-elle inquiète, préoccupée ?

– Pas plus que d'habitude. Inquiète, elle l'était. Angoissée, souvent. Si vous permettez, je vais essayer de me souvenir ou de retrouver des détails susceptibles de vous aider. Là je suis sous le choc. Je ne peux pas y croire. Et sa fille ? Vous savez aussi qu'elle a une fille. Que va t'elle devenir ?

– Oui pour sa fille, nous sommes au courant. Notre préoccupation première se porte sur la mère, vous vous en doutez bien. Pour la fille, ce n'est pas de notre ressort. Nous n'avons pas encore beaucoup de détails ni les résultats complets de l'autopsie. Nous sommes en relation avec nos collègues bretons afin de recouper nos infos.

– Quel est le nom de votre collègue breton, si ce n'est pas trop indiscret ?

– Une collègue, récemment nommée. Élaine Menez, originaire des lieux en plus, ça peut aider. Pourquoi cette question ?

– Euh... Pour rien. Je... je connais un peu la région.

– Cela faisait longtemps que nous n'avions pas eu de meurtre chez les prostituées. Des coups, des bagarres, oui. Mais pas d'élimination radicale. Merci de passer au commissariat dès lundi avec des éléments concrets si possible. Ah, au fait, j'ai noté deux cambriolages chez vous l'an dernier à peu d'intervalles ; hormis un billet d'avion pour le Canada au nom de Clarence Pommier et de l'argent liquide lors du premier, vous n'avez rien déclaré lors de votre seconde plainte. Aucun soupçon compte tenu de vos fréquentations particulières ?

– Dites-moi, vous vous souciez bien de mon cas tout soudain. En effet, mon appartement a été visité, mis sans dessus dessous par deux fois. Lors de la première visite manquait également une partie de ma chaîne hi-fi ; seules les enceintes, probablement trop volumineuses, étaient restées là. Pour la seconde les voleurs ont dû être dérangés. Je n'ai jamais suspecté qui que ce soit de mes fréquentations comme vous dites. Cela fait plutôt partie de votre travail d'investigation, non ?

Qui n'a pas été poussé très loin, pour tout dire. Les cambriolages ne sont pas votre priorité, semble-t-il ; je ne suis pas seule dans le quartier à avoir été « visitée » ; classés sans suite, comme d'habitude, ces cambriolages.

– Deux fois, de façon si rapprochée. Réfléchissez bien. Si vous vous souvenez de quelque chose, un détail même infime, venez nous le faire savoir. Nous prenons toute information.

Après qu'il eut quitté son appartement, Anne dut s'asseoir sur le canapé du salon, complètement abasourdie, incapable d'aligner deux idées de suite ni de décider de l'action à prendre. Des éléments concrets ? Il en a de bonnes lui ! Remettre ces cambriolages sur le tapis en plus. Elle n'avait pas complètement oublié ces épisodes contrariants dont le souvenir, l'image surtout de ces champs de bataille, sans victime Dieu merci, lui pourrissait parfois le mental. Matelas retournés, tiroirs vidés de leur contenu éparpillé par terre. Elle avait mal supporté ces incursions violentes et répétées dans son intimité. Son copain canadien Clarence, en vacances pour quelques semaines, en avait fait les frais. Son billet de retour lui ayant été subtilisé, que de démarches pour obtenir une nouvelle réservation et justifier du vol ! Évidemment, le voleur ne l'avait pas utilisé. Et elle qui part pour la Bretagne le week-end prochain – bonnes vacances en perspective. C'est bien le moment. Bonjour le repos ! Et merde ! Avec Élaine dans le rôle du policier chargé de l'enquête pour couronner l'affaire ! La tuile ! Re-merde ! La nuit porte conseil, dit-on. Tu parles Charles ! Elle va être bien occupée ma nuit ; premièrement me remémorer les derniers jours avec Marina ; ses paroles ? Une telle diarrhée verbale que parfois elle décrochait, l'écoutant distraitement. Si ça se trouve, des choses importantes – qu'elle n'avait pas entendues – avaient été dites. Elle s'en voulait. Procédons par ordre.

Premièrement relire ses notes. Que lui ont dit les filles ces dernières semaines ? Qui sait ? Elle y trouvera peut être des indices ou des clés concernant Marina. Heureusement elle consigne tout par écrit dans son petit carnet. Ça lui évite de s'emmêler les crayons. Certains soirs elle contacte tellement de femmes, aux prénoms de guerre parfois identiques, elle entend tellement d'histoires drôles ou pathétiques, qu'il lui faut revisiter ce carnet après et avant chaque prochaine rencontre. Être ainsi au plus près de leurs vies et éviter les gaffes.

Deuxièmement repenser aux cambriolages. Il lui a collé un doute, le lieutenant Roche, avec ses insinuations. Qui aurait pu lui en vouloir ? Non, finalement les cambriolages, elle y réfléchirait ultérieurement. Hors sujet pour le moment et sûrement sans lien avec la disparition de Marina. Et ce type qui l'a coursée en voiture ? « Ressaisis-toi ma fille. Ne mélange pas tout. Tu n'es pas dans une fiction policière »

Enfin, appeler Françoise. Mais avant tout, prévenir Élaine du contre temps avant de tenter ensuite une reconstitution du puzzle. Demain elle contactera les copines de Marina, enfin celles susceptibles d'avoir reçu ses confidences.

– Élaine, je suis obligée de retarder mes vacances. Un imprévu. Je te rappelle.

Ouf ! Pratique le répondeur et surtout bien utile. Elle y a déposé son message. Sibyllin, laconique, bref. Ça évite les détails et les questions embarrassantes.

Et maintenant compulsons les notes.

« Mikaela : temporairement arrêtée par suite de maternité.

Martine nous fait part de sa nouvelle marotte, tables tournantes et magie. Nous demande de la conduire vers son amie Tonia qui vient d'apprendre qu'elle a la tuberculose. Pas vue. Peut être hospitalisée mais où ?

Sonia malgré un brevet de coiffure envisage de quitter le trottoir pour aller dans une boîte spécialisée de strip. Quel rapport coiffure/strip ? Peut être une réponse la prochaine fois !

Martine (l'autre) nous a retenues plus d'une heure. Parle longuement de son père qui s'ennuie dans une maison de repos, de sa mère sous insuline, de ses relations avec les clients qu'elle juge « naves » et méprisables. Pour elle la prostitution permet de gagner de l'argent et vite. Marina ne donne plus signe de vie depuis un bon moment ; elle semble chercher quelqu'un, joue les grandes mystérieuses.

Chantal 2 : partie avec un client dès notre arrivée. Les attroupements de nanas font fuir les clients, manque à gagner. Son « protecteur » corse lui réclame 250€ par jour. Du coup elle nous évite et se sauve dès qu'elle nous aperçoit.

Patricia part pour Bordeaux faire une cure de désintoxe.

Katia et Claudya, travestis, parlent des agressions. S'inquiètent car ils (elles) n'ont pas de nouvelles de Marina depuis quelque temps. Espèrent qu'il ne lui est rien arrivé avec tous ces barjots qui traînent.

Monica fait de la saisie en intérim le jour et tapine le soir. En conditionnelle après un séjour à Fleury pour des bêtises.

Sylvia ne viendra plus. C'est son dernier jour. En réinsertion, a repris son vrai nom Marie-Françoise. Marina doit être en vacances. Elle ne la voit plus.

Agression verbale d'une femme surnommée « acide sulfur ». Droguée, habituée aux séjours en maison de santé (que fait-elle sur le trottoir si elle relève de l'hôpital psychiatrique ?).

Evelyne en colère après son éducatrice. Elle veut récupérer ses deux enfants placés dans des familles en province. Voudrait en parler à Marina mais ne la voit plus. Pense qu'elle est partie refaire sa vie ailleurs, en Bretagne si ça se trouve, pour y retrouver le quelqu'un qu'elle cherchait. En tout cas elle, elle ne partirait jamais là-bas ; nous a parlé d'un curé breton collabo pendant la guerre qui avait dénoncé des communistes.

Marie-Pierre trouve le trottoir peu enrichissant. Se lance dans le show bizz. Travaille en dilettante avec la peur d'être reconnue par ses parents ou ses voisins.

Marie Jo en larmes. Problème avec son ami, un ex client séparé de sa femme. Il veut qu'elle quitte le trottoir et lui a posé un ultimatum. Celle-ci, ayant appris qu'il sortait avec une prostituée, se sert de cette liaison pour obtenir un divorce à son avantage. Aurait même payé un détective pour observer leurs agissements ».

La voilà bien perplexe, Anne, et troublée de surcroît, en relisant tous ses écrits qui prennent une autre dimension à la lueur des récents événements. Quelques filles avaient, en effet, remarqué l'absence de Marina et le mystère dont elle s'entourait. Ainsi sa recherche de quelqu'un, raison possible de sa disparition et la Bretagne, destination finale, deviennent des indices, pas des preuves. Elle n'imaginait pas que ses comptes rendus hebdomadaires pourraient tout d'un coup éclairer une enquête. Pour l'instant motus, elle va les garder pour elle ces informations. Pas question de les divulguer au lieutenant Roche, d'autant qu'il voudra les interroger toutes, leur mettre la pression ; elles en bavent assez comme ça, donc inutile de les mettre en porte à faux, en position difficile. Et puis vraiment ces renseignements feraient-ils vraiment avancer le schmilblic ? En revanche belle matière à roman toutes ces tranches, bribes, portions de vie !

Étape suivante. Appeler Françoise. Quelle soirée ! Marina et Françoise se voyaient encore, déjeunaient même quelquefois ensemble. Elle avait bien dû lui raconter quelque chose.

Françoise allait quitter le foyer pour des cieux meilleurs en Alsace : son mariage avec un vrai paysan, René ; elle lui ferait des enfants, construirait ce foyer qui lui avait tant manqué. Un père alcoolique qui la tabassait et la violait. Une mère falote et inexistante. Des frères primaires et violents, répliques du père. Un jour, basta, tchao, bye-bye, larguer tout, fuir, être libre. En fait de liberté elle galéra dans Paris durant des années. Les contacts noués au hasard des mauvaises rencontres l'avaient rapidement menée sur le trottoir. Une fille paumée, sans le sou, pas mal roulée, devient forcément une proie facile pour les prédateurs de la nuit – pas seulement de la nuit d'ailleurs. Le cocktail proxo/clients mélangé à celui d'alcool/drogue avait fait d'elle une esclave, une loque, limite épave. Clodo dans des squats. À se demander quelle force positive avait pu la tirer de là. Quelles rencontres parallèles lui avaient permis de tout lâcher, d'échapper à ce nouvel enfer, de finalement lui tourner le dos ?

Anne lui avait donné des cours dans le foyer où elle s'était réfugiée après que des oreilles attentives l'aient écoutée et des mains lui aient été tendues. Les premières portes ouvertes dans des moments difficiles. Bof ! Avec René ce n'était pas l'amour fou. Ils s'étaient rencontrés simplement, « un dimanche au bord de l'eau ».

Les prostituées ne travaillent, en principe, ni le mercredi, ni le week-end, le dimanche étant pour beaucoup le « jour du Seigneur ». Enfin pour les traditionnelles qui se sont engagées à ne pas se montrer ces jours là dans un souci d'apaisement avec les policiers. Pour la nouvelle génération, principalement immigrée sous la coupe du crime organisé, tous les jours se ressemblent. Elles ne respectent pas ce contrat tacite. Dans le trafic et le commerce des êtres humains, les femmes et les enfants ne connaissent ni dimanche ni jour férié. Leurs bourreaux les obligent à abattre le plus de clients possibles – tous les jours. Souvent sous la contrainte et la violence. Celles de l'ancienne école respectent les familles qui se promènent ce jour-là avec leurs enfants. Elles en profitent pour voir les leurs ou tout simplement pour dormir, ne pas penser surtout. Françoise, ce jour là, avait eu un « flash » astrologique qui l'avait poussée à sortir malgré sa lassitude. Son horoscope parlait d'une rencontre heureuse.

René, de passage à Paris pour le salon de l'agriculture, avait eu envie de revoir le Pavillon Baltard à Nogent, ce monument des anciennes Grandes Halles de Paris, maintenant classé historique, avant de retourner sur ses terres alsaciennes. Profitant du calme environnant, il s'était ensuite posé sur un banc des bords de Marne.

– Quel silence ! pensa-t-il tout haut sans se rendre compte d'une présence.

– Oui, c'est souvent comme ça le dimanche ici. Paisible et reposant.

– Excusez-moi. Je parle tout seul. Voilà ce que c'est de vivre seul ! Je suis impressionné par ce calme. Faut dire que je viens de passer deux jours assez bruyants au salon de l'agriculture entre veaux, vaches, cochons, couvées... !

Et c'est ainsi qu'ils firent connaissance. Rencontre fortuite, banale, comme lui. Fruit du hasard ? Ils se téléphonaient, se retrouvaient sur les bords de Marne, pas souvent, une escapade dominicale l'obligeant à prévoir un stagiaire pour les travaux des champs et les bêtes. Un jour enfin elle vint le rejoindre sur son territoire à lui, accepta de devenir sa « Perrette ». Elle ne lui parlait jamais de son vécu. Il la savait dans un foyer d'hébergement. De sa vie il ignorait tout. Discret, il ne posait pas de question. C'était mieux ainsi. Point barre. Il n'aurait pas compris. N'avait pas besoin de savoir. Elle partait... loin de chez elle, de Paris, du clinquant de ses fausses lumières, tournait la page, le dos aux emmerdes, se posait. Enfin ! Et puis grâce aux cours de remise à niveau d'Anne, elle l'aiderait dans l'exploitation. Anne, témoin de leur union, irait à leur mariage l'hiver prochain, au repos de la terre comme elle l'avait fait pour Sylviane, devenue l'épouse d'un algérien, immigré, qui ne supportait plus de la voir tapiner. Il la voulait pour lui tout seul. Elle aussi avait dit oui sans hésitation.

Françoise revenait de son travail lorsque le téléphone sonna. Aide-soignante, elle se rendait tous les matins dans une maison de retraite. Elle ne gagnait pas des fortunes par rapport à ses comptées d'avant mais au moins elle ne se dégoûtait plus, apportait un sourire à des personnes souvent dépendantes et surtout repartait sur de nouvelles bases. Ce soir elle ne s'attendait pas du tout à l'appel d'Anne lui annonçant la mort de Marina.

– C'est pas vrai ? En Bretagne, qu'est ce qu'elle foutait là-bas ? Non je n'ai pas de nouvelles depuis un bon moment. Pour tout dire je l'avais trouvée bizarre la dernière fois qu'on s'était vue. Elle tenait des propos incohérents, disait qu'elle avait retrouvé ses vrais parents, qu'elle allait bientôt les connaître. Super excitée qu'elle était.

– Comment ça ses vrais parents ?

– Ben oui, tu sais bien qu'elle a été adoptée. Alors c'est normal, elle cherchait ses racines, surtout depuis qu'elle avait Léa. Elle avait peur des questions qu'elle lui poserait, peur de ne pas avoir les réponses. Elle suivait une piste.

Née de père inconnu, abandonnée dès l'âge de six mois à la DDASS par sa mère, Marina avait été adoptée par une famille de gens simples et bons. Leur amour n'avait pas suffi à son équilibre ni comblé les cassures ; après une accumulation de renvois de l'école, de fugues dès l'adolescence, à seize ans elle disparut de leur univers. Après d'infructueuses recherches, ses parents adoptifs s'étaient résignés à cette fugue qu'ils espéraient temporaire. Leur porte, toujours ouverte, ils attendaient le retour de l'enfant prodigue.

« Coucou, c'est moi » elle réapparut un jour comme si rien ne s'était passé, leur annonçant la naissance de Léa, confiée temporairement à la DDASS. Bien sûr elle la voyait régulièrement, bien décidée à la reprendre et à l'élever elle-même dès qu'elle s'en sentirait capable. Savait-elle qui était le père ? Ne pouvait-il pas l'aider financièrement, que faisait-elle, où logeait-elle ? Questions que se posent des parents après une si longue absence. Inquiets aussi de la tournure que prenait la vie de leur enfant dorénavant majeure. Elle ne leur raconta rien de ses années passées au loin. Ils souhaitaient connaître leur petite fille, éventuellement l'accueillir chez eux afin de lui prodiguer l'affection et l'amour de grands-parents. Lui offrir l'image d'un couple. Les démarches invraisemblables à faire auprès de la DDASS, décourageantes et tellement aberrantes, les révoltaient. Ils n'avaient jamais vécu autant de tracasseries pour l'adoption de Marina ; l'assistance publique était à cette époque moins suspicieuse, moins tatillonne.

« C'est parce qu'on n'a pas bien fait avec Marina », pensaient-ils. « Ils considèrent qu'on a échoué, alors ils ne nous font plus confiance ». Que de justifications il fallait ! Non seulement financières mais aussi psychologiques et morales. Rencontres avec des psys, des assistantes sociales, démarches parfois même humiliantes. Ils ne comprenaient pas non plus pourquoi Léa allait passer le week-end avec sa mère chez une inconnue, une étrangère et non pas chez eux. Une aberration. Demande-t-on autant de références aux parents biologiques avant la conception de leur enfant ? Eux-mêmes parents adoptifs « confirmés » devaient-ils être soumis à une telle inquisition, remplir autant de questionnaires pour voir leur petite fille ?

– Figure-toi qu'elle avait localisé sa mère, je ne sais pas comment.

– Je croyais qu'un abandon sous X empêchait toute retrouvaille.

– Peut être qu'elle est tombée sur quelqu'un de moins borné qui a lâché le morceau – ses parents adoptifs – ou alors ce n'était pas complètement sous X.

– Elle ne t'a rien dit de plus ?

– Non mais Chantal doit être au courant. Elles étaient malgré tout très proches. Tu sais, Marina n'arrivait pas à assumer ses responsabilités ni à décrocher totalement du trottoir. Elle retournait régulièrement sur les boulevards des Maréchaux pour assurer ses fins de mois. Je sais qu'avec Chantal elles se voyaient souvent. Marina lui disait tout.

À quelques exceptions près, l'amitié au tapin est un sentiment peu partagé. L'exception était ce lien qui unissait Marina à Chantal, aînée de douze enfants – du même père précisait-elle toujours. Anciennement accro à l'héroïne, à force de cures elle avait réussi à se sortir de cette addiction. Elle était la mère que Marina s'était choisie, qui la maternait, l'écoutait sans juger, ne la ménageait pas non plus. Chantal et ses sautes d'humeur. Chantal et son agressivité notamment envers la police – un de ses frères y est inspecteur. Chantal qui accompagne son fils à la messe tous les dimanches depuis qu'il va au caté. Chantal et son cœur sur la main, toujours prête à rendre service... mais pas à n'importe qui.

Marina avait fini par quitter le foyer suite à des ras-le-bol, des conflits permanents avec les autres pensionnaires voire parfois des violences physiques. Elle était l'un des cas difficiles de Myriam qui, la suivant depuis de nombreuses années, avait du mal à gérer son comportement instable et caractériel. Elle usait tout le monde. À vrai dire son cas relevait de la psychiatrie. Il aurait fallu qu'elle prenne suffisamment conscience de ses difficultés pour entamer une telle démarche.

– Merci Françoise. Je te tiens au courant dès que j'en sais un peu plus. C'est une amie, Élaine Menez, qui mène l'enquête sur place ; je vais partir là-bas incessamment sous peu. D'ailleurs j'avais prévu d'y passer une semaine. Auparavant je vais contacter Chantal. Sais-tu où je peux la trouver ces jours-ci ?

– Sur le bois, près de son arbre je pense. Elle y revient en général avant la fin de l'été et bosse même le dimanche soir maintenant. Elle est tellement pressée de prendre sa « retraite », de se tirer ailleurs qu'elle déroge à ses habitudes en faisant des heures sup. Je ne sais pas si ça rapporte vraiment le dimanche !

T'as une amie flic ? Bravo, belles fréquentations. Tu ne t'en es jamais vantée !

– D'une part je n'ai rien à cacher à une amie d'enfance. Je ne lui ai encore jamais parlé de vous justement pour ne pas créer d'ambiguïté ni d'équivoque. D'autre part si je peux l'aider, au diable les états d'âme.

– T'as raison. L'important c'est de savoir ce qui est arrivé à Marina. Je ne l'aimais pas plus que ça mais ça fait toujours mal de savoir comment on peut finir avec nos vies éclatées et tordues. Chienne de vie ! Quand même, tu aurais pu nous en dire plus sur tes relations dans la maison poulaga.

– Non, pas la maison. Uniquement une amie. Bonne nuit. Excuse-moi d'avoir empiété sur ta nuit. Tu te lèves tôt.

– Ça va, demain repos. Deux jours en récup de mes weekends travaillés.

IX

Vincennes – Sixième jour – dimanche

Après son entretien téléphonique la veille avec Françoise, Anne poursuivit son « enquête » perso auprès de Chantal qu'elle allait certainement déranger. Compte tenu de la raison de son intrusion et de leurs bonnes relations depuis quelques années maintenant, elle osait faire une entorse aux convenances.

Chantal, la cinquantaine bien tassée, envisageait de lâcher le business. Marre. Ras la frange. Elle souffrait de partout, physiquement, moralement. Ce n'était plus comme avant. La peur, présente partout, la taraudait. Les filles de l'Est occupaient de plus en plus le terrain, cassaient le métier, terrorisées par leurs bourreaux de plus en plus cruels, sadiques et criminels. Et puis elle avait vu trop de filles partir ces derniers temps, pas forcément les plus anciennes. Une hécatombe. Sabine : cancer, Suzy : tuberculose, Fatima : overdose, Eva : poignardée par un client, Karima : tabassée par son mac. Sans compter celles qui disparaissaient d'un jour à l'autre sans laisser de trace. Trop c'est trop. Qui serait la prochaine ? Elle, peut être ? Non, elle allait partir dans le Sud, au soleil, dans un cabanon en bord de mer. Chut. Personne ne le saurait. “The end”. Voilà à quoi elle pensait, en fumant ses clopes qui la rongeaient, adossée, comme saint Louis à son chêne préféré du bois de Vincennes. Elle ne s'attendait certainement pas, elle non plus, à apprendre que Marina, sa fille de cœur, à son tour, venait de rejoindre les étoiles là-haut, l'avait précédée dans ce grand passage.

– Excuse-moi Chantal de venir t'embêter.

– Salut Anne. Que me vaut ta visite ? Ce n'est pas ton jour de bois ?

« Non chéri, pas maintenant, tu vois bien que je cause. Repasse plus tard ». Chantal renvoyait un client potentiel. Au début, lorsque Anne venait les voir sur leur territoire, elle se faisait jeter ou bien devait attendre qu'elles en aient terminé avec leur client. Parfois même elles ne revenaient pas. Anne repartait alors chez elle déçue, dépitée. Visiblement elle gênait, dérangeait. C'est vrai, que venait-elle faire là, que recherchait-elle ?

« Tu viens t'encanailler ? » lui demandaient les filles, pas vraiment aimables. Sans parler des noms d'oiseaux dont elles la gratifiaient. Certains soirs, Anne se poussait vraiment pour ressortir après sa journée de boulot, surtout l'hiver. Elle n'était pas maso tout de même. Allait-elle les revoir ? Quel serait l'accueil ? Puis, au fil des soirs, elles s'apprivoisèrent réciproquement. Comme le Petit Prince et le renard. Lentement des liens se nouèrent. Elle en sut un peu, très peu d'elles, beaucoup de leurs enfants, de leurs rêves d'une vie normale, d'une vie de midinette même quelquefois. Elles se lâchaient, par miettes. Il fallait décoder, rebondir, aider sans assister, ne pas vouloir à tout prix les sortir de là, les laisser libres de leur décision.

– Ça urge, peux-tu m'accorder un peu de temps, ailleurs qu'ici ? Viens à la maison si tu veux, j'habite à côté. J'ai besoin de ton aide.

– ... Okay on va chez toi. Ben dis donc ça doit être grave, en effet, parce qu'en principe vous ne devez pas mélanger les genres ni y mêler votre vie privée. On n'a pas le droit d'aller chez vous. Si je peux t'aider, à mon tour pour une fois, ce sera avec plaisir.

– Exceptionnellement le règlement on s'en fout ! Marina est morte. On lui doit bien ça. Savoir ce qui lui est arrivé, trouver l'animal pourri, le salaud qui l'a tuée. D'abord que faisait-elle en Bretagne ? D'après Françoise, tu saurais des choses. L'histoire de ses parents notamment. Voilà on est arrivé chez moi. Tu vois ce n'était pas loin. Installe-toi. éclaire ma lanterne s'il te plaît.

Elles se posèrent par terre, sur le tapis, souvenir de sa marocaine-attitude.

– Je ne pensais pas que tu habitais si près du bois. C'est cool chez toi.

Visiblement, Chantal n'avait pas entendu ou pas réalisé tout de suite ce que Anne avait dit. Elle percuta soudain.

– Morte. Assassinée ? C'est quoi ce délire ? Ses parents ? Je sais qu'elle avait retrouvé leurs traces. Un peu grâce – ou alors à cause – de moi.

– Comment ça ? Il y aurait un lien entre ses parents et sa mort ? Re-naître et mourir en même temps, quel destin !

– Tu viens bien de me dire qu'elle était morte en Bretagne. Et bien c'est là que se trouvaient ses parents.

– Ensemble ? Les deux ?

– Non. Sa mère bossait à Brest et son père du côté de Quimper je crois mais plus vers la mer.

– Alors là tu vas devoir tout me raconter, du moins ce que tu en sais parce que la personne chargée de l'enquête, c'est une amie d'enfance, commissaire de police sur le Cap Sizun, là où on a découvert le corps. Alors imagine ! Moi qui connais Marina, qui passe régulièrement des vacances là-bas, je ne lui ai jamais parlé de vous, de vos vies, de mes promenades nocturnes au bois. Elle va tout se prendre en pleine figure d'où mon intérêt à avoir quelques boulets dans mon pochon si je ne veux pas fusiller notre amitié.

– Oh la boulette ! Accroche-toi. C'est vraiment une longue histoire, de quoi écrire un roman.

Il était une fois.... sa mère biologique. Pascaline. Je l'ai connue lors de mes séjours à l'étranger. Je ne vais pas te raconter mes bourlingues, pas choisies, tu t'en doutes mais ça te situe un peu le décor. La dope tue, pas seulement au sens propre. Faut pas croire, on a toutes recours à une béquille. Je n'ai pas connu de filles qui ne prenaient pas d'alcool, de drogue ou de cachetons. La came, elle te détruit jusqu'aux fins fonds des os, de la moelle, du cerveau. Je me demande comment j'en ai réchappé. Bref, à Hambourg où j'avais atterri, dans un bordel étatisé, tarifé comme ils savent les construire en Allemagne, j'ai rencontré une fille superbe. Une antillaise au corps de liane, genre Joséphine Baker. Pascaline avait échoué là, comme la plupart d'entre nous, embobinée par un beau mec de sa Martinique natale, un mac surtout, qui lui avait fait miroiter des contrats de danseuse folklorique dans les grandes capitales. Au final, un peep-show et ce bordel aseptisé. Nous sommes devenues copines.

Elle m'a raconté son aventure dont je te passe les détails. Elle recevait un client régulier – Louis qu'il s'appelait – un beau ténébreux, plutôt taciturne, différent des autres – s'exprimant en français, soi-disant marin au long cours. La plupart du temps il restait là, sans un mot. Elle appréciait. Ça changeait de ceux qui éprouvent toujours le besoin de s'épancher, de se raconter. Surtout que la plupart du temps elle ne comprenait pas leur langue. Tant de nationalités différentes dans les zones portuaires. Elle n'était pas là pour jouer les assistantes sociale ou maternelle. Le temps c'est de l'argent et l'argent il lui en fallait pour quitter ce pourrissoir. Louis payait. Bien. En plus il lui racontait le pays auquel il était viscéralement attaché, sa Bretagne, ses légendes, la ville d'Is engloutie, le roi Gradlon et sa fille Dahut, la débauchée, la cruelle, qui avait ouvert les « Portes de la mer » avec la fameuse clé d'or dérobée à son père. Des heures entières elle écoutait l'histoire d'Arthur et des Chevaliers de la Table Ronde, de Lancelot, Merlin et la fée Viviane, celle de Tristan et Iseult la blonde qui la faisait pleurer avec leur amour impossible. Elle en oubliait son quotidien sordide et ses clients tordus, ordinaires ou vicieux, sadiques ou impuissants. Se perdait en forêt de Brocéliande, peuplée de korrigans siffleurs et de fées d'eau glissant sous la lune. Parfois, les soirs de déprime, elle souhaitait rencontrer l'Ankou avec son long manteau, son chapeau à larges bords et sa faux. Il l'emmènerait dans sa charrette grinçante vers ces roches du bout du monde entre le diable et les saints. Son marin lui avait dit que bientôt il repartirait là-bas, dans sa marmite bouillonnante comme il l'appelait.

– Qu'est-elle devenue ? Et Marina dans cette histoire, elle arrive quand ?

– J'y viens. Une fois le marin breton reparti avec son sac à bord, Pascaline se découvrit enceinte. La contraception, elle pratiquait pourtant. Un loupé, une erreur, un oubli probablement qu'elle n'a jamais compris. Sachant qui était le père elle décida de garder l'enfant. Ainsi elle ne serait pas en peine pour lui raconter, plus tard si elle le souhaitait, ses origines et les îles qui les berçaient. Le soleil brûlant et la douceur de vivre des Caraïbes alliés à la symphonie des couleurs des pointes bretonnes. Encore jeune et, malgré un accouchement difficile, coup de bol, elle dégotta, je ne sais pas trop comment ni par qui – elle devait avoir un ange un peu gardien – un contrat d'entraîneuse dans un rade interlope, minable du quartier de Recouvrance à Brest. Pas le Pérou mais ainsi se rapprochait-elle un peu de son marin de cœur. Seulement, voilà, le métier de go-go danseuse et la maternité n'étant pas compatibles, elle dût se séparer de sa fille, persuadée de la récupérer très vite. Je n'ai jamais su quelles formalités elle avait remplies ni quels papiers elle avait signés mais Marina fut adoptée dès l'âge de six mois. Dieu merci, Pascaline ne perdit jamais sa trace. Les parents adoptifs savaient qui elle était, connaissaient même son adresse.

– Si tu veux mon avis, je crois que je vais aller à Brest sans tarder. C'est la seule façon d'éclaircir ce mystère. Viens avec moi. Elle sera plus en confiance.

– Non, je vais l'appeler et lui expliquer le but de ta venue. Il vaut mieux que ce soit moi qui la prévienne doucement et non les flics. Ça va être un choc. Pourvu qu'elle ait pu revoir sa fille. Merde, c'est trop moche la vie.

– Vas-y doucement. Auparavant je vais quand même appeler ses parents adoptifs pour les rencontrer.

X

Audierne – Septième jour – lundi

Après lecture et relecture de ces pattes de mouche et des rapports d'enquête, Le Braz en conclut qu'une rencontre avec Yannig Quéméneur s'imposait sans tarder. À cette heure il le trouverait au port.

– Yannig Quéméneur, lieutenant Le Braz. Mon enquête sur le mort de la plage me conduit naturellement vers vous. Puis-je vous parler un instant ?

– Oui, mais vite. Je dois partir remonter mon bateau à Bestrée.

– Désolé mais vous allez devoir répondre à mes questions. Votre tatouage par exemple, il ressemble bigrement au sien. Bizarre non ? Vous l'avez connu n'est-ce pas ? Si vous m'en disiez un peu plus sur lui, à moins que vous préfériez nous en parler au commissariat.

– Non ça va. Très jeune, j'ai rencontré un type là-bas sur les dunes de Saint-Tugen. Il m'a pris en amitié. Rassurez-vous ! Pas malsaine, disons... filiale. Je l'aidais à poser ses casiers. Parfois nous allions aussi glisser ensemble. Il faisait vraiment bien de la planche. Je me demandais où il avait acquis ce style.

Son tatouage également m'intriguait tant que je lui en avais demandé la signification. Il m'avait alors parlé du bateau qu'il possédait étant jeune, de son espèce de quête, son Graal : un jour, un soir plutôt, dans les vents hurleurs, il avait cru entendre comme un appel. « Tu feras... ». Il se demandait bien quoi ? Savait pas trop. Partir... loin, tenter de retrouver trace de ses origines, de ces allemands qui avaient violé sa mère. Une sorte d'injonction qu'il s'était même faite tatouer.

– L'avait pas un peu abusé du gwin ru* votre Lancelot ?

– Non il ne buvait pas. Le naufrage du Bohlen avait déclenché sa folle cavale. Sa route, jalonnée de petits boulots, de campagnes de pêche en mer du Nord, l'avait trimballé à travers l'Allemagne, à Brême, à Hambourg. Il avait péché la crevette à cheval, des heures à tirer des bordées, avait même changé de nom.

Après des années d'errements, d'aventures pas vraiment reluisantes selon lui, il tournait toujours en rond, ruminait. Aucune trace de sa « famille ». Il cherchait une aiguille dans une botte de foin. Au bout du compte ce qu'il devait faire, et bien ce serait finalement dans son pays, en Pen ar bed. Tu feras la paix avec tes démons, avec toi-même, tu feras silence, tu feras le mort même qu'il disait. Pourquoi, pas après tout ? Fasciné par ces histoires de Robinson vagabond, je lui avais demandé de m'incruster le même tatouage. Les mêmes mots. Mais moi je n'avais aucune idée de ce que je ferai de cet ordre. C'est un copain à lui, un brestois, qui m'a fait tatouer.

– Et vous n'en avez jamais parlé à votre mère, à votre frère ? Quelle famille ! Au fait, nous avons noté votre accrochage de voiture le jour présumé du meurtre sur la route de Trez Goarem. Curieux non ? Des analyses d'ADN sont en cours. Des prélèvements ont été effectués dans votre voiture. Que faisiez-vous si tôt sur la route ?

– J'étais allé lui proposer un tour en planche après avoir remonté ses casiers. Je ne l'ai pas trouvé. C'est tout.

---

* vin rouge

– Pendant qu'on y est. Vous ne connaissiez pas Marina Malaval par hasard ?

– Qui ça ?

– La jeune femme qui avait débarqué dans le coin récemment et dont on a retrouvé le corps à la Baie des Trépassés il y a une semaine.

– Et pourquoi je la connaîtrais ?

– Nous recherchons toute personne susceptible de l'avoir rencontrée. Comme elle traînait beaucoup sur les lieux, vous pourriez l'avoir aperçue. Elle est morte, elle aussi. Bien entendu vous restez à notre disposition.

XI

Montrouge – Vincennes – même jour

Anne hésitait à importuner les Malaval, surtout dans ce genre de démarche. Une espèce de malentendu planait sur leurs relations depuis la décision de la DDASS concernant leur petite fille Léa et ses sorties, malentendu que Anne n'avait jamais réussi à dissiper. C'est donc un peu mal à l'aise qu'elle se rendit chez eux, dans leur petit pavillon de banlieue. La maison des sept nains de Blanche Neige. D'ailleurs ils s'égayaient dans le jardin ! Timide, Simplet, Joyeux et Grincheux accueillaient le visiteur sur chaque marche de l'escalier du perron. Une maison telle que la dessinent les enfants : le petit toit pointu, deux petites fenêtres, la petite porte d'entrée, la cheminée. Tout était petit. Et ce fut une petite femme qui la reçut sur le pas de la porte. Discrète et effacée.

– Mon mari travaille en province cette semaine. Si vous voulez bien entrer.

– Étrange destin que celui de Marina qui nous réunit pour la première fois. Je suis profondément bouleversée par ce qui lui est arrivée. Je la connaissais depuis quelques années. Je veux comprendre ce qui s'est passé. Une amie d'enfance mène l'enquête sur place. Nous avons des racines bretonnes communes.

Aussi aurai-je besoin de savoir ce qui l'a conduite précipitamment en Bretagne. J'ai appris, par son amie Chantal, qu'elle avait retrouvé ses parents biologiques. J'espère que ce n'est pas cette découverte qui a causé sa perte. Que s'est-il passé ces derniers mois ?

– Ce n'est pas simple à expliquer. Je m'en veux terriblement d'avoir peut être précipité sa mort. Depuis son retour, elle nous avait raconté, par fragments, ses aventures malheureuses. Sans entrer dans les détails. Pourquoi diable ne nous a t'elle rien dit plus tôt ? On aurait été là. « J'ai vécu quelques mois dans un foyer pour mères célibataires à Paris avec Léa. Je voulais me poser, retrouver mes marques, me débrouiller toute seule. Maintenant que j'ai un enfant il faut que j'assure » nous avait-elle dit. Cette période, consacrée au bébé, ne lui avait pas permis de penser à l'avenir. Elle jouait à la poupée. Une personne faible et en situation précaire comme elle, aurait dû bénéficier d'une structure particulière qui lui aurait permis d'envisager, de construire le futur pour deux. Avec ses fêlures et son présent incertain fragilisé par l'arrivée du bébé, ce n'est pas ainsi qu'elle pouvait se stabiliser. En plus après six mois de cocooning elle se retrouvait à la rue et Léa à la DDASS. Un schéma semblable au sien. Seulement elle n'avait pas abandonné Léa. À chaque visite elle lui promettait de venir la chercher dès qu'elle aurait du travail et un appartement. Elle était sincère alors mais incapable de se donner ou de prendre les moyens d'y parvenir. Et puis tellement influençable.

– Comment a t'elle appris pour ses parents ?

– Depuis quelques temps, elle nous harcelait pour obtenir le nom de ses vrais parents. Elle ne nous croyait pas lorsque nous lui disions ne pas les connaître. Nous menaçait de claquer définitivement la porte, de ne plus donner signe de vie. Jamais. De guerre lasse devant ce chantage nous avons fini par lui donner les coordonnées de sa mère, à Brest. Depuis l'adoption de Marina, elle connaissait notre existence, savait qui nous étions. Il avait été entendu qu'elle ne se manifesterait pas tant que Marina ne le souhaiterait pas. Nous ne savions pas ce qu'elle était devenue et, pour tout dire, cela ne nous préoccupait guère. Jusqu'à ce qu'elle nous contacte il y a quelques mois. Une transmission, un croisement d'émotions entre mère et fille comme cela peut parfois se produire au-delà du temps. De son père en revanche nous ne savions rien. Marina nous a donc prévenus de son départ imminent pour Brest, comptant bien aussi retrouver son père, ce dont nous doutions fortement. Depuis, aucune nouvelle. Je ne peux rien vous dire de plus hormis vous donner l'adresse et le téléphone de sa mère. C'est horrible ce qui vient d'arriver. Quand va-t-on nous la rendre ? Pourra-t-on la voir ? Je suppose qu'elle a été autopsiée ?

– Oui. Je promets de vous appeler dès que possible.

– Et pour Léa, que va t'il se passer ?

– Là vraiment je ne sais pas. Avec les arcanes administratifs... De toute façon vous allez certainement la voir plus souvent. La DDASS doit avoir à cœur de faciliter les formalités dans ce genre de situation. Avec deux grands mères, Léa doublera ses chances d'amour.

De retour chez elle, Anne appela le lieutenant Roche pour l'informer de son absence.

– Lieutenant je pars pour la Bretagne, une semaine environ.

– Avez-vous une adresse, un numéro où l'on peut vous joindre ? Nous pouvons encore avoir besoin de votre témoignage dans l'enquête en cours.

– Si vous avez les coordonnées de votre collègue Élaine Menez, c'est là que vous pourrez me contacter.

- ??? (Grand silence au bout du fil). Sérieux ? Puis-je savoir ce que vous allez faire là-bas ?

– Une amie d'enfance m'y attend. Élaine Menez. Commissaire de son état.

– Vous vous êtes bien moquée de moi ! Pourquoi ne pas me l'avoir dit plus tôt ? Un pied chez les flics, l'autre chez les prostituées, comment gère-t-on ce grand écart antinomique ?

– Difficilement. D'où la raison de mon retour aux sources. Je ne vous ai pas informé parce que je n'en voyais pas l'utilité immédiate. J'avais besoin de rassembler mes esprits. Je vous tiendrai au courant quand je les aurai mis au clair.

XII

Audierne – Huitième jour – mardi

Élaine avait besoin de marcher avant de rentrer chez elle. Elle se posait bien des questions en remontant l'escalier qui rejoint la rue des Capucins. Les Le Bihan-Quéméneur cachaient quelque chose, mais quoi ?

– Salut Élaine. (Luka descendait sur le quai par le même chemin, un raccourci qui évite le dangereux virage du quai Pelletan). Je pars relever des casiers demain matin à la marée avec Yannig. Si tu veux te joindre à nous ce sera très tôt. La mer n'est pas trop dure en ce moment. On pourra longer la côte. Prends quand même ton ciré !

– Bonne idée. D'une part ça me permettra de remettre les pieds sur un bateau et de l'autre de faire la connaissance de ton frère. Ce sera plus facile de lui parler là que de le convoquer encore au commissariat.

– Pourquoi ? Qu'a t'il fait ?

– J'ai lu sa déposition. Elle présente de sérieuses zones d'ombre. Selon nos premières conclusions, il en sait plus qu'il n'a voulu en dire. Avec les détails sur le meurtre de Trez Goarem, on se demande si les deux morts n'ont pas quelque relation entre elles. D'autant qu'il y a aussi son accrochage de voiture précisément sur cette route le jour présumé du meurtre. Ça fait beaucoup de coïncidences. De toute façon les analyses ADN vont rapidement nous renseigner.

– Va falloir y aller mollo. Mon frère, c'est un sauvage. Je ne suis pas sûr qu'il apprécie vos méthodes.

– Je vais te le dire franchement : il a intérêt à être coopératif. Nous avons bien avancé sur les deux dossiers et de fortes présomptions pèsent sur lui. Ton frangin devient le suspect numéro un, tout au moins dans l'affaire « Ludwig Klein ». Avais-tu remarqué son tatouage ? Le même que celui de la plage, figure-toi !

– Ben non. Je ne savais même pas que le mort était tatoué.

– Tu m'avais dit aussi que tu pouvais m'éclairer sur la fille de la Baie. Tu la connaissais ?

– Pour tout dire je ne sais pas grand chose d'elle. Sinon qu'elle paraissait curieuse. Un peu délurée, évaporée. Elle a débarqué du car de Quimper, un soir sur le port, super maquillée, chaussée de tennis, une casquette Mickey sur la tête. Elle ne passait pas inaperçue. Bavarde, en plus. Parlait à tout le monde, tutoyait les vieux. Elle avait entrepris le père Jos, un vieux tout chouché* par les ans ou par le café-lambig, une espèce d'arsouille radoteuse. Une figure du Cap. Tu devrais aller le voir.

– Comment je le reconnaîtrai, ton père Jos ?

– Tu peux pas te tromper. D'abord il squatte un troquet du matin au soir. Au comptoir, il raconte toujours les mêmes histoires à qui veut l'écouter. Faut pas se fier aux apparences, c'est pas un demeuré. Seulement, même s'il met de l'eau dans son gwin ru, il est arrangé à partir de midi. On a du mal à comprendre la moitié de ses mots.

– Tu crois qu'il sait des choses ?

– Possible. Va le voir déjà rien que pour découvrir le personnage. En plus il sera ravi de discuter avec une belle nana. Ne lui dis pas que tu es flic. Il aime pas bien.

---

* courbé

– Merci du conseil. J'y vais de ce pas. À demain pour la pêche.

Élaine prit sa voiture, cette fois pour rejoindre le père Jos dans son bar de prédilection de la plage.

Seul au comptoir, elle n'eût pas de mal à le reconnaître. Visage raviné par l'alcool et les ans, gapette vissée sur le crâne dégarni, le pantalon et la vareuse décolorés, raides de crasse et de sel, pas très ragoûtant. Une vraie gueule de pirate.

– Père Jos ? On m'a dit que j'allais vous trouver ici. Je peux vous parler ?

– Oui ma belle. Z'êtes qui ? Je vous ai aperçue sur le port avec mon copain Luka. Un copain à vous, aussi ?

– Un ami d'enfance. On allait à l'école ensemble. Je suis la petite fille de mémé Kerné.

– Un bon gars ce Luka. Son père aussi l'était un brave gars avant de partir sans laisser d'adresse comme un voleur. Qu'est-ce qui lui a pris ? Enfin, c'est pas en chouinant qu'on va le faire revenir. Surtout qu'il est p'tête ben mort si ça se trouve. Je vous paye un verre ?

– Non merci. C'est un peu tôt.

– Ya pas d'heure pour un marin, ma petite. Allez, on trinque ! C'est pas tous les jours qu'on rencontre la petite fille de Mam' Kerné.

– Alors vous croyez qu'il est mort, le père de Luka ? Qu'est ce qui vous fait dire ça ?

– Rien, mais depuis le temps... Au fait en parlant de mort, celui de la plage, alors on le connaît ? Paraît que c'est le « sauvache » de la bicoque là-bas de l'autre côté ? Si ça se trouve j'ai vu son assassin.

– Comment ça ? Vous avez vu quelqu'un ?

– C'était flou. C'est toujours flou dans ma tête. J'ai rien dit aux flics. Ça tombe bien, y m'ont pas interrogé. J'aime pas la police.

– Et pourquoi ? Qu'est ce qu'ils vous ont fait les flics ?

– J'ai foutu un gendarme à la baille dans le port. Oh ! Y a longtemps. Pendant la guerre. J'étais jeune. On avait bu quelques verres de trop et le Jean-François en uniforme y m'a énervé. J'étais pompette. L'est tombé à l'eau. L'a cru qu'il avait glissé mais moi je savais bien que j'l'avais un peu bousculé. Quel foin il a fait parce que des bonnes âmes lui ont dit que j'l'avais poussé ! Y m'a flanqué au gnouf mais l'aurait dû y aller aussi pour désaoûler parce que l'était pas net non plus le caporal. Le lendemain on s'est expliqué. Faut dire que les Frisés, pendant l'occupation, y nous chauffaient les esprits. À cause d'un camion allemand qu'avait des plaques de bateau soudées à l'arc et des canons tout modernes devant. Un « bezuka » ça s'appelait.

– Vous me disiez que vous aviez peut être vu l'assassin de Monsieur Klein.

– Parce qu'y s'appelait Klein ? Moi j'l'appelais l'Étranger. Paraît qu'il était allemand, moi j'crois pas. L'avait une tête qui m'disait que'que chose, j'arrivais pas à m'rappeler qui. Y devait avoir vécu ici dans une vie antérieure. Avec le brouillard que j'ai dans les yeux tout le temps, j'arrive pu bien à mettre les idées en place. Y disent tous qu'à mon âge je devrais boire des tisanes. Mais j'suis pas malade. C'est quand on est malade qu'on en boit. Moi je mets de l'eau dans mon vin c'est pour ça que je pisse souvent. Hein Henri que j'ai pas la prostate ?

– Arrête, Jos. Tu dis des conneries. La demoiselle, elle s'en fout de tes problèmes de vessie. Excusez-le mademoiselle. Il est déjà très à l'ouest ! À lui les murs, la terre l'abandonne...

– Quand l'avez-vous vu la dernière fois ?

– Vous en posez des questions. Z'êtes pas flic, hein ?

– Je m'intéresse. Je reviens au pays et voilà pas qu'on y découvre deux morts d'un coup à quelques jours d'intervalle.

– Drôle de pays hein ! On n'est plus tranquille nulle part. Pourtant l'avait l'air bien gentille, c'te gamine.

– Luka m'a dit que vous discutiez avec elle.

– Il en dit des choses, le Luka ! De quoi j'me mêle. C'est pourtant pas un bavard. Oui, je parlais un peu avec elle, c'est vrai. Elle se posait sur la digue du Raoulic, le soir après dîner pour fumer une cigarette. Avec plein de questions. Elle recherchait son père. Louis qu'y s'appelait. Moi j'connaissais pas de Louis. Quand même, si ça se trouve j'ai vu l'assassin de l'Étranger.

– Qui ça ? Où ? Quand ?

– Quand je suis trop badouet* le samedi soir, je vais à l'île aux Vaches, vous voyez là-bas les rochers avec de l'herbe ? Dans le temps y avait des vaches. Ça me détend. Je m'assois sur le sable. « Ici l'île ne s'entoure pas de sable mais de galets comme les caillots de ses blessures »**. C'est beau, non ? Ça me revient toujours quand j'en parle. À basse mer parce que sinon à la haute je serais obligé de dormir sur l'île ; ça m'est déjà arrivé ; j'aime pas. J'ai la trouille. Avec tous les korrigans qui traînent... et puis si y'a des assassins maintenant !

– Et ce soir là, vous avez vu quelqu'un ?

– Ouais. Comme l'eau montait, je suis resté sur le sable en haut de la dune. J'attendais que mon cerveau et mes boyaux distillent. J'allais rentrer, vers minuit, avec ma lampe torche, voilà pas que j'entends du bruit ; j'vois une silhouette. Je m'suis dit ça y est, c'est l'Ankou qui vient me chercher avec son karrig***. Surtout qu'à mon âge, elle va bientôt pointer son squelette. Pourtant j'avais pas encore entendu la chouette frapper à la porte ni vu les pies nettoyer le chemin pour mon enterrement. J'étais trop bourré pour distinguer un homme d'une femme. Un peu grande pour une bonne femme mais bon, les top machins des magazines c'est grand aussi. Elle marchait vite sur l'estran.

– L'estran ?

– Ben la plage qui se couvre et se découvre avec la marée. J'osais plus respirer. L'ombre portait quelque chose sur les épaules, comme un sac, noir. Avec des reflets. J'ai pensé à un requin ou quelque chose comme ça. On trouve parfois des cadavres de petits requins bleus sur l'Ile. Je l'ai suivie sans faire de bruit – de loin – j'ai appris le camouflage pendant la guerre.

---

* Bourré

** Gérard le Gouic

*** charrette

Elle est allée jusqu'au canon à Penn an Enez par le sentier côtier et là, elle a balancé son fardeau à la baille. Plouf ! Puis plus rien. J'ai pas vu la suite. J'étais tellement fatigué que je m'suis endormi comme une masse sur place. Quand je me suis réveillé, y avait plus personne. J'avais fait un cauchemar avec des hallucinations. Je revoyais le bonhomme.

– Le bonhomme. Quel bonhomme ? Vous venez de me dire que vous n'aviez pas reconnu la silhouette.

– Celui qui faisait peur aux femmes à la sortie de l'usine du Stum avec son grand chapeau et son parapluie. Ça remonte loin, du temps des usines de poissons. De l'histoire ancienne. C'était l'époque où j'avais connu une espionne au service des allemands. Une grande bonne femme en noir. Un peintre. C'est loin tout ça. Ça doit être les aboiements de son chien qui m'ont réveillé après la nuit du requin bleu.

– Allez Jos, faut rentrer maintenant. Tu délires. Tu mélanges tout. Faut pas faire attention Mademoiselle. Jos quand il se met à dérailler, y sait plus c'qui dit. Le passé, le présent. Ça cafouille dans sa tête. Toute la guerre et l'occupation dans le Cap y passent.

– T'as raison. Mais je délire pas, Malo. T'étais pas né. Allez j'y vais. Kenavo mam'zelle. Mam'zelle comment déjà ?

– Élaine, vous pouvez m'appeler Élaine.

– Vous savez Mam'zelle Élaine, la gamine de passage, elle avait retrouvé son père. Je croyais qu'elle allait venir me dire son nom. J'l'attends encore. Je suis déçu. C'est ingrat les jeunes !

– Elle n'a pas eu le temps, Père Jos. Vous savez bien qu'elle est morte.

– Ah oui merde, c'est vrai, la pauvre ! On n'est plus en sécurité nulle part. C'est pas juste.

XIII

Brest – même jour

Après que Anne eut présenté à Pascaline la raison et le but de sa visite, celle-ci la reçut chaleureusement dans son studio proche du port. Le courant passait, elles sympathisèrent tout de suite. La jovialité mêlée de douceur de Pascaline, sa nonchalance et sa gentillesse la séduisirent d'emblée. Elle parla de sa rencontre toute neuve avec sa fille. L'histoire corroborait en tous points les dires de Chantal, quelques détails importants en prime.

– Cette semaine passée ensemble nous avait permis d'établir un contact, de lier connaissance. Un peu. Doucement. Avec réserve. Sans effusion superflue. Nous avons tenté de trouver les points communs qui nous rejoignaient, nous rapprochaient. De nombreux, bien sûr et pour cause. On se comprenait à demi-mot, ne nous étant pas encore avoué nos parcours respectifs pleins de cassures, d'actes manqués, d'occasions ratées. Trop tôt pour les aborder. Inutile. À quoi bon, d'ailleurs ? Ma hâte de connaître Léa, de pouponner, de rattraper le temps perdu, de compenser peut être, me faisaient oublier que Marina était là également pour son père. Elle n'avait de cesse de le connaître, me tarabustait tant que je me demandais même si elle ne préférait pas le retrouver lui, finalement.

(Anne sentait bien une petite pointe de jalousie dans cette rencontre mère fille. Combien de temps leur aurait-il fallu pour renouer des fils aussi mal et surtout peu cousus ?).

J'avais, en effet, récemment retrouvé Louis, son père. Ce qui m'avait permis de lui donner son adresse. La confiance s'installant peu à peu entre nous, Marina en était venue à me parler de Dick, le père de Léa, dont elle ne voulait plus entendre parler. Sa violence lui faisait peur. Il se droguait de plus en plus au crack et perdait complètement la boule. Il l'avait frappée si fort une fois qu'il lui avait crevé le tympan, la rendant sourde d'une oreille. Elle faisait tout pour l'éviter. Il voulait voir sa fille, l'emmener aux Antilles pour la confier à sa famille. Faisait des pieds et des mains pour la récupérer. Seulement, sans revenu, avec le casier chargé qui lui servait de curriculum vitae, ses antécédents de proxénète et ses trafics en tout genre, il n'avait aucune chance d'en avoir la garde. Elle avait peur qu'il en vienne à lui enlever à Vincennes lors d'une de ses sorties du week-end. Il la suivait partout, menaçant de la tuer si elle ne cédait pas à sa demande. Elle était persuadée qu'il était là, en Bretagne, croyait même l'avoir aperçu sur le quai de la gare à Rennes. Elle finissait par le voir partout. Et voilà, ensuite elle partit pour connaître son père. Je ne l'ai plus revue. J'espère que l'on va trouver l'assassin, les assassins. Et puis j'aimerais tant connaître Léa. Pensez vous que ce soit possible, un jour ?

– Oui, bien sûr. Ce sera peut être long mais on va s'en occuper. Il ne faut pas que Léa se retrouve seule maintenant qu'elle a deux mamies.

Oh là là, se dit Anne en rentrant à son hôtel. Va falloir raconter tout cela à Élaine. Pas gagné. Et si c'était ce Dick l'assassin ? Où crèche-t-il celui là ? Rôde-t-il vraiment dans la région ? Elle ne voyait pas du tout comment aborder cette histoire avec Élaine. « Je ne sais pas pourquoi mais je sens que ça va huffler dans le djebel » pensait-elle – avec raison. Un remontant me fera du bien après toutes ces émotions. Il y a bien une petite flask dans le frigo. Et hop un petit whisky pour affronter la copine. Après avoir pris son courage à deux verres, elle composa le numéro de téléphone.

– C'est moi.

– Je t'ai reconnue. Qu'est ce que tu fabriques ? Je pensais te voir débouler cette semaine. « Qu'est ce qui se passe-t-il » ? comme disait Coluche C'est quoi tous ces mystères ? Je suis sur le point de résoudre les affaires. Me manque juste quelques éléments. Avec un peu de chance j'aurais peut être clos les deux avant ton arrivée. Quand au fait ?

– Justement, c'est pour ça que je t'appelle. Je suis à Brest. Plein de choses à te raconter sur tes affaires. Elles sont liées.

– Mes affaires ? Liées ? Qu'est ce que tu racontes ? T'es au courant de mes affaires, maintenant. Je rêve. Tu joues les Maigret. À Brest. Tu visites ? Tu te moques de moi !

Un ange passa.

– Écoute, c'est un peu long à expliquer. J'arrive. M'engueule pas, tu vas tomber des nues quand tu sauras le pourquoi du comment de cet imbroglio.

– Tu m'inquiètes. Tu ne peux vraiment pas m'en dire plus ?

– Non, non, à plus.

Alors là Élaine baignait complètement dans le potage. Le « potache » comme disait sa grand-mère. Son copain d'enfance impliqué dans un meurtre à cause d'un frère plus que suspect, sa meilleure amie qui débarque dans son enquête – avec des infos. Le monde à l'envers ! Décidément, soit elle vieillit, soit les effets du vent et du sel conjugués rongent déjà ses neurones. Pas de bonne augure tout ça pour la suite de sa carrière. Ressaisis-toi. Elle se sentait plancton, larvaire, microscopique.

XIV

Audierne – Neuvième jour – mercredi

Après une nuit encore mouvementée, Élaine était bien décidée à mettre le turbo dans ce moteur au ralenti et fermement résolue, elle enclencha la vitesse supérieure.

– Le Braz, j'ai lu votre rapport. Aucun doute donc sur l'identité du cadavre de la plage. C'est bien « Herr » Klein. Mais son assassin ? Son mobile ? J'ai ma petite idée. Je commence à y voir plus clair, d'autant que j'ai quelques données supplémentaires sur la fille de la Baie et sur ce Klein. Luka m'a orientée vers le père Jos. Un drôle ! Et tellement imbibé que j'ai eu du mal à extraire le passé du présent de ses ratiocinations, à décoder ses élucubrations. Vous le connaissez ?

– Un peu. Pas personnellement mais j'en ai souvent entendu parler. Faut faire gaffe avec lui. Il fabule en technicolor ; quand vous l'écoutez c'est « le Jour le plus long » et « la Grande Vadrouille » réunis. Faut pas prendre tout ce qu'il dit pour argent comptant.

– Là quand même on a du nouveau. D'une part il a vu l'assassin la nuit du meurtre, le samedi apparemment. Ce n'est pas vieux en tout cas. D'autre part il y a réellement une bonne femme qui promène son chien tous les matins. Ce sont ses aboiements qui l'ont réveillé. Elle n'a rien à voir dans l'histoire. La silhouette qu'elle a aperçue sans ses lunettes, ça doit être le Père Jos parce qu'à mon avis il doit bien souvent cuver sur la dune avant de regagner ses pénates au petit matin. Pour couronner le tout, le Jos il a discuté avec Marina Malaval, la fille de la Baie. Tenez-vous bien, elle cherchait son père. D'après le Père Jos, elle l'avait trouvé.

– Sur le Cap ? Quel rapport avec sa mort ?

– Je ne sais pas encore. Une supposition : Ludwig Klein serait ce père. Se pose cependant toujours la question de savoir pourquoi ils sont morts tous les deux alors qu'ils venaient apparemment de se retrouver ?

– Elle connaissait le nom de son père ?

– Pas vraiment. En fait elle cherchait un Louis. Mais Ludwig, Louis, faut pas avoir suivi les cours du Goethe Institute pour traduire. Étonnant non ? Qui connaissait leurs liens de parenté ? En quoi pouvaient-ils déranger l'assassin ou les assassins ? Un peu alambiqué tout ça, mais ça pourrait le faire. Bonjour l'embrouille, quand même ! De toute façon avec les marées on ne trouvera plus de trace nulle part.

Élaine réalisait tout soudain que son flair habituel avait fonctionné un peu moins vite qu'à l'accoutumé. Elle mettait ça sur le compte des émotions de ces derniers jours, de l'environnement auquel il lui fallait se réadapter. Malgré tout avec Le Braz, ils avaient un peu dénoué l'écheveau. Maintenant il fallait conclure. Quels éléments Anne pouvait bien avoir à ajouter ? Manquerait plus qu'elle résolve l'intrigue ! Archouma la honte ! Comme on dit en arabe. Savoir Luka impliqué la mettait aussi mal à l'aise, quelque part. Quelle place les Le Bihan tenaient-ils dans ces dossiers tordus ? Visiblement de plus en plus importante et centrale au fur et à mesure des événements et de leurs rebondissements. Le Braz pensait de même.

– Un vrai mystère cette famille. Un père fantôme qui disparaît, des frères silencieux qui se parlent à peine, une femme secrète. Allons interroger Katell Le Bihan parce que le Ludwig, m'est avis qu'elle le connaissait bien, pas vrai patron ?

– On aurait dû le faire dès le début. On y arrive, Le Braz. On tient le bon bout. Avec un peu de chance demain on boucle. Ce soir je vois mon amie de Vincennes. Nous passions nos vacances ensemble étant enfants – avec Luka. Elle loge chez Mme Piriou à Tresgadec, celle qui vient de perdre son mari.

– Bien sûr je connais la maison sur la petite dune de la plage. Sur la plage ! Le rêve ! « Et je passe des heures à regarder la mer »... On ne l'entend plus, Alain Barrière. Dommage ! Vous connaissez « Face à la mer » ? C'est du rap. « Face à la mer, loin des galères, j'aurai dû grandir... ». J'étais au courant pour son mari. Il était le correspondant du journal local. Régulièrement il venait lire la main courante pour tenir ses lecteurs au courant des faits divers. Savez-vous qui sont les « interdits de supermarché » ?

– Figurez-vous que je connais Calogero. Étonnant non ? « Face à la mer, c'est toi qui résistes. Face à la mer on veut tous grandir ». Qu'est encore cette expression « interdits de supermarché » ?

– Lorsqu'il allait prendre son petit noir au café de la plage, il disait « oh là là ! Que d'interdits de supermarché encore aujourd'hui dans le journal. » Les personnes au comptoir, intriguées, se procuraient ledit journal. Ne trouvant rien de particulier et surtout ne comprenant pas, elles interrogeaient le cafetier qui leur répondait « mais ce sont les avis de décès » ! Le père Piriou avait trouvé là un moyen de faire acheter le quotidien, simplement en attisant la curiosité des gens. Une de ces facéties. Il nous manquera. Au fait vous avez beaucoup d'amis comme ça, patron ?

– Rassurez-vous ils ne devraient pas tous débarquer en même temps. Ils savent que j'ai du boulot. Et puis eux aussi sont en activité. En revanche je ne sais pas pourquoi mais avec celle-ci, je m'attends à des surprises. Plus qu'une intuition. En tout cas notre priorité immédiate demain : interroger Katell Le Bihan. C'est probablement elle qui détient la clé des mystères.

Après avoir mis au net ses notes éparses, Élaine quitta le bureau vers seize heures pour se rendre chez Madame Piriou. Anne y était arrivée en début de matinée, le temps de déballer ses affaires et de s'installer dans le studio. Adossé à la maison principale avec une grande pièce équipée de tout le nécessaire y compris même un lit de camp supplémentaire en cas de visite impromptue, c'était le lieu idéal pour des vacances. La douche extérieure suffisait aux ablutions quotidiennes. Le plus de ce lieu ? Sans conteste l'accès direct à la plage, tant enviée des estivants affalés sur le sable l'été.

– Tu m'as vraiment mis la pression avec ton coup de fil. Comment peux-tu m'avoir caché quelque chose ? Tu te rends compte de tes responsabilités dans cette histoire.

Anne s'attendait à ce déferlement d'invectives. Fallait comprendre Élaine, peu habituée à ce que des éléments extérieurs empiètent sur ses enquêtes. Surtout lorsqu'ils ne faisaient pas partie du sérail !

– Attends avant de t'énerver. Je ne t'ai rien caché. C'est allé très vite. Avoue que ce n'est pas ordinaire ? Je n'imaginais pas trouver un jour un tel scénario, avec ce décor et toi dans ton vrai rôle. Hal-lu-ci-nant !

– Irresponsable oui, ton comportement dans cette histoire. On n'a plus dix ans. Tu mènes quasiment une enquête parallèle, tu caches des informations capitales. Un meurtre n'est pas un jeu de piste. Et là on en a peut-être deux. Fini le Club des cinq. On n'est plus dans le virtuel. Il y a des morts. Des vrais. Tu sais que tu pourrais être inculpée pour dissimulation d'informations ? Alors qu'as-tu donc à dire sur Marina Malaval, puisque tu as l'air d'en savoir plus que nous ? N'aggrave pas ton cas parce que je n'arriverai peut être pas à te sauver la mise. Tu es allée trop loin avec tes brouillages de piste.

– T'as fini ? Tu te calmes ? T'as pas changé, hein ? L'histoire est longue.

C'est l'histoire d'une môme qui n'avait pas eu de chance. En quête d'amour, d'affection, d'identité, aussi, qui l'a conduite à partir à la recherche de ses origines. Instable. Il y en a plein dans son cas. Seulement elle je l'ai trouvée un jour sur mon chemin, avec Léa, sa gamine. J'ai tenté d'être un pont entre ses deux rives, de mettre fin à une dérive, d'être là si besoin. Un jour je te raconterai le début de cette aventure vécue depuis quelques mois au contact des prostituées. Marina était l'une d'elle. Voilà la raison de mon implication dans TON enquête. Involontaire, crois-le bien ! Seulement quand j'ai appris sa mort, chez nous, ici à la Pointe de Bretagne, je me devais de trouver la raison de son voyage sans retour. J'ai donc voulu rencontrer les personnes susceptibles de m'éclairer et par là même de t'apporter des éléments concrets et à moi des réponses.

– Et tu en as trouvé ?

– Des éléments, oui. Ceux qui t'intéressent. En ce qui concerne les réponses ? Pas vraiment celles qu'on attend, les bien carrées, rationnelles. Je ne peux pas imaginer qu'elle ait été assassinée même si j'ai quelques doutes après ce que j'ai entendu. Ça pourrait être un accident. Bête comme tous les accidents.

– Ah bon, tu conclues mon enquête maintenant.

– Écoute, je comprends que tu sois en colère. D'accord, je ne t'ai jamais parlé de mes activités. Tu n'aurais peut-être pas compris.

– C'est ça, dis que je suis bête.

– Non, mais peu de gens comprennent. Ma grand-mère me le reprochait assez : « Et pourquoi tu ne t'occupes pas plutôt des vieux ? » En effet, pourquoi ? Je ne me suis jamais vraiment posé la question. On ne force pas ses engagements. Et à elles je n'ai jamais parlé de mes relations avec toi, digne représentante de la police. Une amie commissaire ! Imagine ! D'ailleurs je n'avais aucune raison de leur parler de toi. Là il a bien fallu pour les rassurer. Elles savaient que je ne laisserai pas la police salir sa mémoire.

– Et de quels éléments disposes-tu pour étayer mon enquête ?

– Je te passe les détails des faits qui m'ont conduite à Brest, essentiellement pour rencontrer Pascaline, la mère biologique de Marina. Elles s'étaient retrouvées récemment, peu importe comment, s'étaient reconnues, s'apprêtaient à partager plein de choses. Marina n'avait pas de rancune. En plus elle était ravie de se savoir métisse, persuadée depuis toujours d'avoir du sang noir. Même avec une peau très claire. Elle s'était même inventé des oncles et tantes africains. La couleur de Léa la rendait heureuse. Une enfant « café au lait ». Dick, le père, un antillais qui avait disparu le jour où elle lui avait annoncé sa grossesse, l'avait retrouvée et lui menait la vie dure. Il la terrorisait, lui soutirait l'argent de ses passes pour se payer ses bières et son shit. Elle subissait ses violences sans broncher. Même son amie Chantal n'était pas au courant. Elle pensait s'en sortir en retrouvant ses parents. Eux la protégeraient et la débarrasseraient de cette vermine. Elle croyait bien lui avoir échappé, temporairement, en partant.

– D'accord, mais tout ça ne me dit pas pourquoi tu penses encore à un accident, Imogène. Là figure-toi que, avec ce que tu me racontes, il y a plus que des présomptions sur le personnage.

– Parce que je ne vois pas pour quelle raison il l'aurait fait. Surtout chez nous. Elle risquait mille fois plus sa vie sur les boulevards ou dans le bois où il pouvait facilement la trouver. Ici on est quand même loin de cette jungle. Mais c'est vrai que la violence ne se maîtrise pas et il pourrait très bien l'avoir occise sous l'empire de l'alcool ou de la drogue. Je crois plutôt qu'il cherchait à l'intimider.

– Au fait, sa mère t'a-t-elle dit comment elle avait retrouvé le père ?

– Oui. Là encore c'est complètement fou. À force de dire qu'il n'y a pas de hasard j'en suis de plus en plus convaincue. Elle l'a croisée à Brest lors de la fête des Vieux Gréements. Tu sais, le rassemblement de vieilles coques tous les deux ans, en général vers la mi-juillet. Franchement je me demande comment cela a pu se faire parmi tous ces gens qui déambulent ou qui remplissent les troquets – se reconnaître surtout. Un coup de pouce du destin.

– Comment alors ?

– Elle avait décidé de se mettre en congé dès le vendredi soir. Comme elle habite dans une rue perpendiculaire à la rue de Siam, elle était bien placée pour voir les grands voiliers et les bateaux militaires au pied du pont de Recouvrance. Avant de regagner son studio, elle a traîné un peu dans les bistrots et les pubs du quartier, le Grand Pont, le Victory. C'est là qu'elle l'a vu, attablé devant un demi. Tout de suite elle l'a reconnu. Toujours aussi solitaire, écoutant de la musique. Ailleurs comme d'habitude. « Louis » ? A-t-elle murmuré doucement de peur de se tromper. Il a tourné la tête. Pascaline ? Et voilà. Ils ont passé le week-end ensemble, perdus dans cette foule immense. Se sont promenés dans les jardins proches de chez elle. Le samedi ils sont allés regarder les voiliers, les plus grands, le Belem, La Belle Poule, qui sortaient du Goulet de Brest, passaient au large de Camaret et dans le chenal du Toulinguet, longeaient les falaises du Cap de la Chèvre, viraient face à Morgat et se dirigeaient vers l'Ile Tristan à l'entrée de Douarnenez. Et le soir ils ont terminé la journée en écoutant des Chants de Marins, Dan Ar Braz, Alan Stivell, un concert de sonneurs.

– Et mine de rien, elle en a profité pour lui glisser sa paternité, une fille de vingt-cinq ans et une petite-fille en prime ?

– Oui. Et il lui a donné son adresse à Saint-Tugen pour que sa fille vienne le voir si elle le souhaitait.

– Bon sang mais c'est bien sûr ! Je commence à comprendre tout d'un coup. Les relevés ADN vont confirmer ces liens. Forcément. Et demain nous rencontrons la mère de Luka, Katell Le Bihan.

– Ne me dis pas que Luka est concerné !

– Si, figure-toi, et pas qu'un peu. De fortes présomptions pèsent sur son frère dans le cadre de l'enquête sur la mort de Ludwig Klein qui, j'en suis persuadée maintenant, ne fait qu'un avec le Louis de ta Marina. De la discussion jaillit la lumière ; c'est peut être bien toi qui me l'as apportée. Ton séjour brestois m'a éclairée, finalement. Au fait, tu savais que Luka avait un frère ?

– Bien sûr que non. Jamais entendu parler. Il sort d'où ce frère ? Décidément, quel curieux personnage ce Luka ! Tu te souviens, déjà petit il faisait toujours des mystères de tout. Il disparaissait sans donner de nouvelles. Il fallait souvent aller le débusquer dans les blockhaus.

– J'avais oublié ces détails. Le départ et la disparition de son père n'ont certainement pas arrangé les choses. Quant au frère parachuté, n'en parlons pas. Mais quand même, je ne peux pas imaginer qu'il ait pu rester si indifférent au retour de sa mère accompagné d'un gamin de cinq ans sorti de nulle part. Ça dépasse mon entendement. Ces cachotteries, ces dissimulations, ces secrets, t'imagines les effets pervers sur Luka, Yannig, sur leur vie affective, sociale, amoureuse. Pas étonnant qu'on ne voit jamais de nana du côté de Luka ! Tu sais s'il a quelqu'un, toi ?

– Non. Ou alors il est très discret là aussi. En tout cas j'avoue que si ma mère m'avait pondu un frère ou une sœur en catimini, je n'aurais pas forcément apprécié mais elle n'aurait jamais agi ainsi. Déjà quand mon père m'avait annoncé en avoir mis un en fabrication avec sa nouvelle compagne, je n'avais pas sauté de joie.

– T'as un frère toi aussi ?

– Non, non, ça a failli mais il n'est pas arrivé à terme. C'était aussi bien. À mon avis il semble vraiment urgent que vous vous fassiez éclairer vos lanternes par mamig Katell parce que là ça fait un peu flou, pas très artistique.

– C'est bien notre intention. Franchement « on ne choisit pas sa famille, on ne choisit pas ses parents », c'est bien vrai. Que de vies bousillées ! On ne peut tout de même pas envoyer tout le monde chez le psy ! Allez, il se fait tard, viens dîner à la maison. Je te ferai visiter mon domaine.

– C'est pas de refus. Je n'ai même pas fait les courses ni mis le frigo en route. Juste le ménage. Alors tu vois, je t'ai un peu aidée dans ton merdier, miss Ronchon.

XV

Audierne – Dixième jour – jeudi

Décidément, Élaine n'avait jamais tant vu Luka depuis son retour. Normal, étant presque voisins, les occasions ne manquaient pas. Ce matin encore leurs routes se rejoignaient. La mère et ses deux « Tanguy » vivent à Esquibien. Luka s'est aménagé la maison au bas du terrain pour plus d'indépendance. Il dispose ainsi d'une sortie sur le chemin de Lézongar. Quant à Yannig il a installé une cabane en bois à l'autre bout du terrain, rustique et sans confort. En revanche, l'hiver il réintègre la maison principale occupée par sa mère afin de profiter du chauffage au fioul. Du grenier de la maison par les vasistas on aperçoit le toit de l'église d'Esquibien d'un côté et la plage d'Audierne de l'autre. Le garage sert à Yannig et Luka pour entreposer leurs planches, les casiers, leurs filets et tout leur nécessaire de pêche. Quant à la cave Ludovic l'avait dédiée à un labo photo. Les cuvettes et produits de développement posés sur l'évier ainsi que l'agrandisseur recouvert de poussière, Katell avait tout laissé en l'état. En rentrant chez lui tard hier soir et après une nuit qui lui avait porté conseil, Luka avait décidé de parler à Élaine de ses préoccupations.

– Excuse-moi de débouler chez toi sans prévenir. Je n'ai même pas pensé à t'appeler auparavant. C'est à cause de mon frère.

– Tu tombes bien. D'abord parce qu'il faut remettre à plus tard notre sortie en mer et que des éléments nouveaux nous obligent à interroger ta mère, ce que nous aurions dû faire plus tôt entre parenthèses. La présence de ton frère et la tienne sont fortement souhaitables à cette « réunion de famille ».

– Je suis passé parce que je crains que Yannig ait fait une connerie. Depuis que le lieutenant Le Braz l'a interrogé il n'est pas dans ses sabots, on dirait qu'il a la trouille. Il n'a rien voulu me dire mais je lui ai conseillé de raconter tout ce qu'il sait ou ce qu'il a fait pour soulager sa conscience. Cette chape de plomb sur notre famille est devenue trop pesante, trop lourde à porter. Elle nous ronge, nous mine comme le sel. Je ne peux pas imaginer que mon frère soit un meurtrier.

– Tu as bien fait de venir. Dis à ta mère et à ton frère de nous attendre. Le Braz et moi nous viendrons vous interroger chez vous. J'espère que les langues se délieront enfin. Compte tenu de leur gravité, ces faits nouveaux me contraignent, en principe, à vous convoquer au commissariat. Ils sont suffisamment sérieux pour une mise en garde à vue de ton frère. En raison de notre amitié, je prends le risque d'attendre jusqu'à demain pour vous réunir tous les trois à votre domicile. Je crains que nous terminions la journée au commissariat. Bonne journée. À demain neuf heures. Soyez là.

XVI

Audierne – Onzième jour – vendredi

Élaine et Le Braz avaient pointé ensemble les zones d'ombre des dossiers avant de se rendre chez Katell Le Bihan. Élaine, un peu émue de retrouver la mère de Luka, se disait qu'elle aurait dû aller lui faire une visite amicale plus tôt. Parce que là franchement, elle aurait préféré être ailleurs, à vingt mille lieux sous les mers, même. Être obligée de se pointer avec des preuves du dossier « Ludwig Klein » accablant son fils. Fichu métier quand il touche des proches. Quant à Le Braz, il espérait bien en finir avec cette affaire qui s'éternisait.

– Mme le Bihan, voici le lieutenant Le Braz. Merci d'être là, Luka. Et ton frère ? Tu sais que sa présence est indispensable.

– Yannig ne devrait pas tarder. Il m'a promis de nous rejoindre.

– Luka m'a dit que tu étais revenue sur le Cap et quelles étaient tes fonctions. J'aurais préféré te revoir dans des circonstances moins dramatiques.

– Je suis désolée, Mme Le Bihan. La mort de Ludwig Klein a fini naturellement par nous conduire jusqu'à vous. Vous le connaissiez bien, n'est-ce pas ?

– Non. Oui. À quoi bon prolonger le mystère ! Je suis lasse de tous ces secrets. Tout est devenu si compliqué. Le passé nous a rattrapés.

– Racontez-nous.

– Après le départ de Ludovic, mon mari et de vaines recherches, j'ai laissé le destin suivre son cours. Soit Ludovic était mort et je ne le saurais peut être jamais, soit il était vivant et reviendrait un jour. Ça n'avançait à rien de remâcher mes malheurs, de chaquer comme on dit ici. Je me souviendrai toujours de ce soir où je l'ai revu, sur la lande « teintée du bleu des chardons, du blanc des liserons, du mauve des immortelles ». L'histoire de sa mère pendant la guerre l'avait torturé, dévoré pendant des années. Il s'était senti obligé de mener cette quête, de se trouver des racines. Avec le temps j'avais pardonné, même si je n'avais pas oublié. Je savais ce qui avait fait basculer sa vie et que peut-être un jour... Pendant des mois nous nous sommes cachés jusqu'au jour où je fus de nouveau enceinte. Je ne lui ai rien dit et suis partie vivre quelques années à Quimper. Caissière au supermarché, je ne gagnais pas grand chose. Ludovic n'a pas cherché à me retrouver. En tout cas même s'il l'a fait, il n'a pas insisté longtemps. Puis je suis revenue, discrètement, sur le Cap. Une place m'avait été proposée dans la nouvelle grande surface qui venait de s'ouvrir. J'ai alors revu Ludovic et lui ai fait part de l'existence de Yannig. Nous avions convenu de ne jamais lui dire qui était son père. Grave erreur. Faute même. À la fois pour ne pas perturber Luka et par lâcheté, stupides raisons au final. Nous faisions tout pour qu'ils ne se rencontrent pas mais il est évident que leurs destins finiraient par se croiser ; nous n'avions pas envisagé non plus que Yannig s'attache autant à lui. Ici personne ne m'a jamais posé de question. Indifférence ? Discrétion ?

– Même pas Luka ?

– Lui, je ne sais pas trop. C'est un taiseux. A-t-il perçu quelque chose, deviné ? Possible. Yannig et lui se ressemblent tellement physiquement. Surtout que le petit nous parlait beaucoup de cet homme de la plage pour lequel il avait une grande admiration. Je n'osais pas leur dire qui il était en réalité. Ici tout est dans le non-dit. À chacun de se forger sa propre opinion, de la garder pour soi, quitte à en crever.

– Y'en a même qui ont crevé, d'ailleurs.

– Le Braz ! Bonjour Yannig. L'un de vous va t-il enfin nous dire ce qui s'est exactement passé à Trez Goarem et à la Baie des Trépassés ? Les tests ADN ont parlé. Une partie des rapports d'autopsie vient de nous parvenir. Reste un dernier détail qui va nous être communiqué d'un instant à l'autre. Les résultats confirment que Marina Malaval était bien la fille de Ludwig Klein, Yannig Quéméneur vous étiez son fils. Maintenant relatez-nous exactement les faits et dites-nous enfin la vérité sur ces morts.

– Allez Yannig, raconte. Faut en finir avec ce cauchemar.

– T'as raison Luka, de toute façon je ne regrette rien. Je l'ai aidé à « faire le mort » et qui sait, à trouver enfin la paix. Pardonne-moi maman ! Si tu nous avais dit plus tôt la vérité sur ce type, cela ne serait peut être jamais arrivé.

Lorsque je suis allé à la plage au début de la semaine, il se préparait à faire un tour en planche. Il m'a alors carrément annoncé qu'il voulait récupérer son bateau, notre bateau, reprendre une vie normale, retrouver femme et enfants. Sur le moment je n'ai rien compris. Il m'a alors raconté toute l'histoire, la vraie, la nôtre, la sienne aussi dont il venait d'apprendre le dernier épisode. Cette fille, Marina, qui lui tombait dessus. Sa fille. Notre sœur. Un cadeau, qu'il disait ! Il semblait sincère lorsqu'il m'a dit ignorer sa nouvelle paternité qui en faisait aussi un grand père. Cela le ravissait malgré tout. Il avait retrouvé la mère à Brest mais n'envisageait pas de la revoir. Il ne souhaitait pas renouer avec une aventure de mataf – bien qu'elle restât un bon souvenir. Il aimait ma mère – profondément, à sa manière, mal. D'un coup, pour moi tout s'est effondré. Ce type que j'admirais tant avait fui ses responsabilités, abandonné sa famille, ses familles même, se cachait sous un nom bidon ; en plus c'était mon père et si ça se trouve il avait joué les étalons sur toute la planète. Je n'ai pas supporté. On s'est chaillé*. Pris soudain d'une colère sourde, d'une pulsion violente, irraisonnée, j'ai attrapé le wishbone de la planche et l'ai frappé sur la nuque, la tête, partout ; quand j'ai vu qu'il ne bougeait plus, sans état d'âme, je l'ai caché dans sa cahute pour m'en débarrasser à la nuit. Ce que j'ai fait en le portant jusque dans les rochers pour le balancer à la mer à la hauteur du canon. Ad patres. Comme ça il irait les retrouver.

– Vous n'avez même pas vu le père Jos ? Ni rien dit à votre frère ?

– Non. J'étais trop absorbé par le transport du corps. Je n'ai pas parlé à Luka tout de suite. C'est seulement après avoir vu le lieutenant Le Braz que je lui ai avoué avoir perdu les pédales et lui ai tout raconté. Enfin presque tout. Je venais de réaliser mon geste. Il a compris et m'a conseillé d'avouer. Depuis, cette nuit me hante. J'ai songé à partir là-bas vers le large, dans les remous du Raz de Sein, me faire emporter par les flots déchaînés. Au dernier moment l'envie de vivre a été plus forte ; ce n'est pas parce qu'un pauvre type, décalé, hésitant, vivant clandestinement, indécis, était mort qu'il fallait en rajouter à la peine de ma mère.

– Merci M. Quéméneur. Nous allons consigner vos aveux au commissariat. Cependant tout ceci ne nous explique pas la mort de Marina Malaval une semaine auparavant. Madame Le Bihan, connaissiez-vous l'existence de cette jeune femme ?

– Oui. Ludovic m'en avait fait part dès qu'il l'avait appris. Depuis peu en fait. J'ai su ensuite qu'elle allait venir le voir. Il était très enthousiaste. Je ne le reconnaissais plus. Lui si réservé, si renfermé. Tout d'un coup on aurait dit qu'il revivait. Je vous affirme qu'il ne m'a jamais dit vouloir reprendre la vie commune. Si j'avais su... Pourquoi ne m'as-tu rien dit, Yannig ?

– Que s'est-il passé exactement ? Avez-vous vu Marina Malaval ?

---

* bagarré

– Par curiosité d'abord. Je les ai suivis, épiés. Ils ne se cachaient pas. Ils parlaient, parlaient. Je n'avais jamais vu mon mari aussi loquace, aussi vivant. Il libérait sa parole. Je pensais à Luka qui n'avait jamais eu la chance de revoir son père ; il avait sept ans lorsqu'il est parti. Yannig, inconsciemment, l'avait reconnu, adopté. Quant à cette fille, d'où sortait-elle ? Méritait-elle ce père qui lui tombait du ciel ? Et la mère ? La revoyait-il ? Avait-il renoué des liens amoureux ? Des angoisses. Des peurs. Des doutes sur la sincérité de son amour sont venus subrepticement grignoter mon raisonnement. Après tout, qui me prouvait qu'il n'avait pas deux vies parallèles ? J'avais beau me raisonner. J'étais jalouse. De cette femme à la mi-temps de sa vie d'errance, une vie dont il m'avait exclue sans prévenir. Jalouse aussi de cette double vie dont il ne m'aurait jamais parlé sans l'intrusion de cette fille.

– Vous ne lui parliez pas de vos doutes, de vos craintes ? Vous ne pouviez pas lui demander de clarifier les choses ?

– Non. Nous n'avons pas l'habitude d'étaler nos sentiments ni nos états d'âme. Et puis je n'étais pas fière de celui là. Nouveau. Ce sentiment d'insécurité. Une espèce de malaise, de solitude, une peur panique sont venus encombrer, envahir mes nuits. Lorsque j'étais avec lui je ne pouvais pas imaginer une autre femme dans sa vie. Un homme qui vous murmure « Viens avec moi, je te dirai le cri des sternes et le psaume des pierres levées »* ne peut pas être totalement fourbe. Au bout de quelques jours d'une surveillance quasi quotidienne de leurs faits et gestes, j'ai décidé de rencontrer cette Marina dont l'existence me pourrissait la vie.

– Pas sa mère ? Curieux, c'est plutôt elle qui aurait dû vous inquiéter et non sa fille. Quand a eu lieu votre rencontre alors ?

– Ludovic lui avait trouvé une chambre à Plogoff. Au début j'avais remarqué qu'elle restait parfois un peu le soir à Audierne. Elle discutait avec le Père Jos. Quelquefois elle allait en boîte. Ces derniers jours, elle repartait directement

*Xavier Grall

pour aller rêvasser à la Pointe du Van, fascinée par les feux des phares autour de la Baie, clignotant, balayant, scintillant. Il y a une dizaine de jours environ, j'ai pris l'autocar et suis montée à pieds au Belvédère de la Pointe. De là on domine les falaises déchiquetées par la mer. Je l'ai attendue, le dos à la chapelle Saint-They, assise sur le petit mur de pierre, face à la mer. Je voyais la Pointe du Raz et les meutes de ligneurs qui s'activaient comme des fourmis au milieu des brisants pour traquer le bar. Je devinais le poisson en voyant les fous de Bassan piquer sur les maquereaux. Je pensais à Luka dans ces déferlantes qui l'attrapait à la volée. À Ludovic, aussi. De la patience, de la persévérance, des nerfs d'acier ; il leur en fallait pour mener ce combat à la fois avec la mer et avec ce poisson sauvage qui les narguait en sautant autour du bateau. Ils aiment cette pêche lucrative certes, écologique en quelque sorte. Marina est arrivée, un peu essoufflée d'être montée à pied par le vallon de Kerloc'h.

– Et alors vous vous êtes disputées ?

– Mais pas du tout. Je n'avais aucune raison de m'en prendre à elle. Je voulais simplement entendre ce qu'elle me dirait de lui, sur lui. Quelles histoires lui racontait-il ? Savait-elle qu'il avait une femme, des fils ?

– Votre curiosité a-t-elle été satisfaite ?

– En partie. Sa vraie mère – qu'elle venait de retrouver – lui avait tout révélé d'un coup : le nom de son père, son adresse sur le Cap, mon existence, celle des garçons. Tout. Ces retrouvailles la perturbaient. À la Pointe du Van, elle pensait à ce père nouveau. Serait-il ce phare qui éclairerait ses nuits ? Remplacerait-il tous les réverbères, les néons blafards de ses nuits glauques, sans issue ? Elle était à la fois heureuse et préoccupée avec trop plein d'amour, trop plein de familles tout d'un coup. Pas préparée à ces trop pleins. « Il n'y a pas de honte à préférer le bonheur » disait Camus. Comment pourrait-elle oublier ses galères ?

Le bonheur, la chance, ne faisaient pas partie de son univers à elle non plus. Il faudrait du temps pour gérer ces « trop ».

– Et du temps, vous ne lui en avez pas laissé !

– Mais je ne l'ai pas tuée. Enfin, c'est ridicule. Pour quelle raison l'aurai-je fait ? Ça doit vraiment être un accident.

– Je ne sais pas. Elle accaparait votre mari. Vous le verriez encore moins souvent. Comment expliquez-vous alors que l'on ait retrouvé son corps à la Baie des Trépassés ?

– Je ne l'explique pas. Je suis rentrée pour essayer d'attraper le dernier autocar pour Audierne. Elle a voulu rester encore pour admirer la lande sous la lumière changeante des ciels. Ludovic lui avait raconté l'origine de l'ajonc dans la tradition populaire. Une de ces belles légendes dont il avait le secret.

– Quelle légende ?

– « Pendant que le Bon Dieu créait le chien, l'abeille, l'hirondelle, le « mauvais, le diable faisait le renard, la guêpe et la chauve-souris. Pendant que Dieu créait les roses et les jonquilles, le diable créa une plante aux longues épines. Ému par tant de méchanceté, Dieu décida de la faire fleurir toute l'année. Ainsi naquirent les ajoncs ». En peu de temps elle s'était déjà imprégnée de l'atmosphère si particulière des lieux, de cette terre sauvage usée par les éléments, aux rocs rongés par les tempêtes dans le fracas assourdissant des vagues. Elle avait fait siens les contes et légendes avec lesquels Ludovic avait déjà enchanté ses femmes. Peut être n'a t'elle pas pu tout simplement revenir dans le monde réel.

– Enchanté. Merlin l'enchanteur. La photo. Alors Merlin c'était lui et vous Viviane. Merlin, le fils du diable. Ludovic, le fils bâtard d'un SS. Merlin qui avait le pouvoir de se transformer, de prendre l'apparence d'un autre. Ludovic qui avait changé d'identité. Limpide ! Ludovic, Ludwig, Louis ! Le Bihan, Klein petit en breton, en allemand.

– Ainsi elle pourrait s'être suicidée ?

– Je ne dis pas ça. Il y a tant d'accidents dans le secteur par imprudence. Je lui avais dit de redescendre vers la Baie des Trépassés par la petite route de Kerludu. J'avais remarqué ses tennis aux pieds et lui avais déconseillé de suivre le sentier qui descend à flanc de falaise. La roche est friable et le chemin escarpé. Elle aura glissé. Saura-t-on jamais ce qui s'est passé ?

– Qu'est ce que je vous disais, patron ? Les guignols en baskets... J'avais pas raison ? Faut vraiment les mettre en garde.

– Certainement Le Braz, mais là elle n'était pas tout à fait une touriste en vadrouille. Elle avait quelques raisons d'être un peu déboussolée, non ?

– Téléphone, patron. Le docteur Quéré !

– Ah docteur, nous attendions votre appel avec impatience. Oui, l'assassin a avoué le meurtre du tatoué. Du nouveau pour Marina Malaval ? Vous confirmez donc l'accident. Merci d'avoir appelé.

– Alors c'était bien un accident ?

– Oui, elle a vraisemblablement perdu l'équilibre ou glissé...

– Doué bardono d'an anaon !

– Que dites-vous Madame Le Bihan ?

– « Que Dieu pardonne aux âmes des trépassés ». Encore une légende, c'est du breton, patron. Quand je vous dis qu'il faut vous y coller ! Elle dit que le bateau de la nuit (Bag noz pour votre lexique) embarquait les âmes (anaons) au pied de la Pointe du Van pour les conduire à l'Ile de Sein et que les courants marins ramenaient les corps des noyés à la Baie des Trépassés.

– Une dernière question, Madame Le Bihan. Votre fils Yannig vous avait-il avoué avoir tué son père ?

– Pas franchement. Cependant depuis quelques jours il n'était plus le même. Il m'inquiétait, me disait qu'il ressentait l'appel du vide, de l'ailleurs, des abysses.

J'avais l'impression qu'il s'était passé quelque chose, surtout que je n'avais pas vu Ludovic depuis un certain temps. Je pensais qu'il était parti pour Brest. Ça me turlupinait. C'est lorsque j'ai entendu parler du cadavre de Trez Goarem que j'ai eu peur de comprendre. Je ne voulais pas y croire.

– Yannig Quéméneur, je vous arrête pour le meurtre de Ludovic Le Bihan, alias Ludwig Klein. Veuillez nous accompagner. Katell Le Bihan, Luka, si vous voulez bien nous suivre également. Nous avons besoin de consigner tout ceci par écrit.

– Alors, patron, nous l'avons rondement mené cette enquête tout de même. Ah ! Ces secrets de polichinelle dans les familles, on voit où ça mène. Ça ne fait que compliquer les affaires.

– Enquête. Curieux mot qui m'interpelle particulièrement aujourd'hui. Nous étions tous « en quête » finalement. En recherche, qui d'un père, d'une identité, d'amour, qui de coupables. Recherches amères et tragiques pour les uns, fructueuses pour les autres. Maintenant que nous l'avons menée à son terme, cette enquête, il faut informer nos collègues de la capitale du résultat final afin qu'ils bouclent leur dossier.

– Lieutenant Roche, commissaire Menez à l'appareil. Nous avons résolu le cas Malaval. Il s'agit bien d'un accident. Elle a glissé dans les rochers par inconscience et méconnaissance des lieux. Aucune trace de violence physique. Elle était venue retrouver ses racines mais la chance n'était pas de son côté. Madame Nedellec se fera un plaisir de vous raconter le déroulement des faits en totalité à son retour. Un vrai roman dont elle fera peut être un bouquin plus tard !

– De quoi tu te mêles ! T'es folle. Je n'ai pas du tout l'intention de le revoir. J'aurai déjà suffisamment l'occasion de le croiser plus souvent qu'à mon tour – grommelait Anne en faisant de grands gestes de dénégation face à Élaine.

– Ah, au fait, dites lui que nous avons identifié le conducteur de la voiture qui l'a coursée sur le Cours de Vincennes. Il s'agit de Richard Marie-Jean dit Dick le Junkie, un individu fiché, impliqué dans des trafics de drogue notamment sur les Caraïbes. Nous pensons également à lui pour le ou les cambriolages de son appartement. Il est signalé sur la base de données d'Interpol et activement recherché.

ÉPILOGUE

Élaine pensait enfin profiter de ces quelques jours avec Anne. Histoire de renouer avec un quotidien presque normal. Si tant est que le sien fût banal et ordinaire, toujours à la merci d'un barjot ou d'un délinquant. Reprendre le fil de leurs conversations, faire le point de leurs vies. Celle d'Anne semblait visiblement bien remplie. Élaine allait peut être en savoir plus sur ses activités nocturnes. Et puis elles marcheraient, feraient du vélo dans le Cap. Pourvu que l'Ankou ne sévisse pas trop ces temps-ci et lui laisse un peu de répit !

– Téléphone ! Élaine ? Bonsoir c'est Gaël. Je fais des prélèvements en Méditerranée avec des élèves de la fac. J'ai rencontré ta mère hier sur la plage du Prado à Marseille. Toujours aussi pimpante ! Elle m'a dit que tu avais réintégré la Cornouaille et m'a donné ton numéro de téléphone. Je vais devoir faire les mêmes recherches en mer d'Iroise. Du coup j'ai pensé m'installer à Audierne le temps de ma campagne. On pourra se voir ?

– Aucun problème. Bienvenue au club ! Anne vient d'arriver pour quelques jours. Luka, tu le sais, vit toujours ici. T'aurais pas un chien, par hasard ?

– Si, pourquoi ? T'en as besoin pour tes enquêtes ? Je peux l'amener si tu veux.

– Non, je rigole. Il ne s'appellerait pas Dagobert ?

La seconde édition de cet ouvrage a été achevée d'imprimer pour Yvelinédition en novembre 2006 sur rotatives numériques Book It ! de l'Imprimerie Nouvelle Firmin Didot
27650 Le Mesnil sur l'Estrée

ISBN-10 : 2-84668-118-X
ISBN-13 : 978-2-84668-118-6

N° d'impression : 82289

Imprimé en France